Jens Kirsch

Es war einmal ein Dorf

Der Fischer Ture gerät anno 1168 mit dem ihm anvertrauten Jungmädchen Lyr in die Auseinandersetzungen des Königs von Dänemark mit Fürsten und Herzögen um die Vorherrschaft auf der Insel Rügen. Dieser Kampf der Mächtigen zerstört das Leben einfacher Leute. Auch Lyr und Ture werden in einen Strudel von Gewalt und Hass gezogen. Ihre Flucht vom Kap Arkona nach Angriff des Kriegerbischofs Absalon auf das Heiligtum der Ranen, ihre Rückkehr nach Moorbrüggen, dem Handelsplatz der Wikinger an der Via Regia, soll ihnen eine neue Heimat liefern. Doch Inger, Freundin Tures aus Kindertagen, steht der Liebe des ungleichen Paares im Wege… .

Während sich der Untergang Moorbrüggens anbahnt, entwickelt sich ein Salinenweiler zur Stadt: Grypswold.

Jens Kirsch

Es war einmal ein Dorf

Roman

Die wichtigsten handelnden Personen

Erzähler
Josef   schreibt diesen Roman

Biblische Personen
Abel, Kain   Kinder von Eva und Adam

Historische Personen
Absalon von Lund   Bischof von Roskilde, Ziehbruder und Berater des Königs von Dänemark
Bogislaw I.   Herzog der Pommern
Heinrich der Löwe   Herzog der Sachsen
Jaromar I.   Fürst der Ranen
Hildegard   Jaromars Gattin
Waldemar I.   König von Dänemark
Konrad I.   Bischof von Wollin

erfundene Personen

Lyr   Hauptheldin
Ture   Fischer in Moorbrüggen
Abel   Tures Vater, Fischer
Inger   Bewohnerin Moorbrüggens
Ole und Jon   Söhne Ingers
Arne   Bootsmann, Musikant,
Händler
Wenzel   Arnes Vater
Hannes   Diener im Hause Wenzels

Bibliografische Information der Deutschen Nationalbibliothek:
Die Deutsche Nationalbibliothek verzeichnet diese Publikation in der Deutschen Nationalbibliografie, detaillierte bibliografische Daten finden Sie im Internet über http://dnb.dnb.de

© Jens Kirsch, Immenhorst
Cover „Es war einmal…", Jens Kirsch

Herstellung und Verlag:
BoD – Books on Demand, Norderstedt
ISBN: 97 837 412 07570

Hörst du denn nicht den Trommler, der beharrlich in dir schlägt,
der dich bei aller Gegenwehr auch durch Feindeslager trägt?
Hör auf ihn, er sagt dir was, wenn er sich nicht mehr regt,
ist das ein Zeichen dafür, dass sich gar nichts mehr bewegt.

Hermann van Veen, Der Trommler

Für Eveline

Die wichtigsten Orte der Handlung

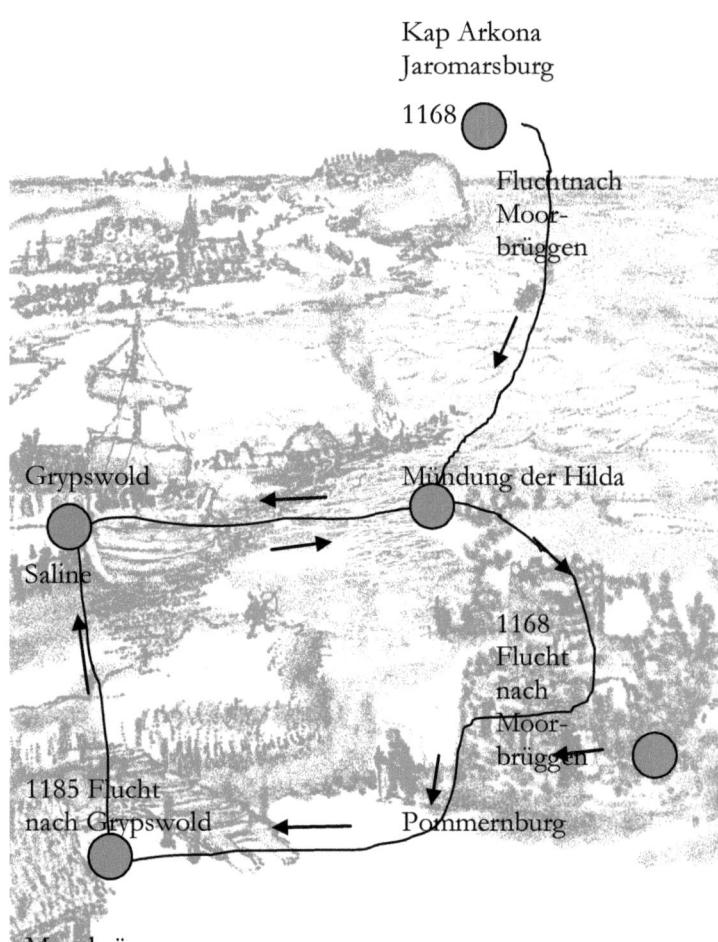

Inhalt

Präludium 10

Kain 16

Josef 19

Ein Feldzug beginnt 23

Außerhalb der Burg, Vitt 28

In der Burg 34

Gefahr 43

Altenkirchen 51

Gewitter 56

Vor dem Kampf 60

Abschied von Rugia 64

Die Jaromarsburg ist gefallen 73

Rast an der Mündung der Hilda 79

Beute 102

Prägung 105

Saline 114

Lohn	128
Ankunft in Moorbrüggen	135
Willkommen?	141
Lebensboote	150
Mittsommernacht	157
Ein gutes Werk	160
Heimat	166
Handel	172
Inger will Ture	179
Rache	183
Mit Inger…	189
Überfall auf Moorbrüggen	195
Grypswold	206
Fisch und Karneol	214
Auftrag ist Auftrag	226
Auftrag ausgeführt	229
Uhl und Nachtigall	235
Wohngemeinschaft	244
Grypswold wächst	252
Zorn	260

Bündnisse	270
Viking auf Moorbrüggen	276
Menschen sterben	281
Lyr flieht nach Grypswold	291
Auch Orte können sterben	297
Tures langer Marsch	303
Arne wirbt	308
Ganz unten	315
Lyr hat Durst	321
Pflegefälle	327
Aufschwung?	332
Handel	338
Die Flotte ist fertig	343
Waffen	350
Schlacht	355
Rauch	359
Grypswold wird zur Festung	364
Frieden	368
Epilog	370
Quellen	372

Präludium

„Sag, Josef, wo kommt dein seltsamer Familienname her? Dainer! Da passt kein Beruf zu, keine körperliche Besonderheit. Ich kenne auch keinen Ort, der so heißt."

Stoffel stochert in der Glut, bis die Funken fliegen. Die Flammen beginnen wieder zu flackern, Josefs Gesicht leuchtet im warmen Licht des Feuers auf, als er sich nach vorn beugt. Er wendet sein schmales Gesicht dem Freund zu.

„Bei dir ist das einfach? Lindemann, der Mann, der von der Linde kam?"

Stoffel lacht.

„Lindemann! Ich glaube, die im Dorf haben meinen Familiennamen schon lange vergessen. Für die bin ich nur noch Stoffel. Gerade mal die Briefträger kennen meinen Familiennamen!"

Die Männer sitzen still und überlegen. Ja, wo kommen die Namen her? Dainer ist wie Musik, vielleicht ein Name, eingedeutscht, ein Rest aus fernen Ländern?

Josef überlegt laut „Mein Großvater war Soldat, später Lehrer, schon mein Urgroßvater war Bauer. Die meisten dürften Bauern gewesen sein. Damit steht die Quelle meines Namens sehr wahrscheinlich mit einem Ort in Verbindung, denn Bauern klebten an der Scholle."

Josef ist jeder Anstoß recht, alles wird gerade bei ihm zu einer Geschichte.

„Sag, Stoffel, ihr seid doch mit dem Boot um Rügen herum gefahren."

Stoffel nickt, zaubert sein Bier irgendwo aus dem Dunkel, lehnt sich nach hinten und nimmt einen großen Schluck. Es gluckert leise.

„Ist dir nicht dieser seltsame Hügel am Kap Arkona aufgefallen?"

Stoffel setzt wieder ab.

„Klar, ist doch nicht zu übersehen. Die Hälfte liegt schon unten. Das ist die Jaromarsburg."

Josefs Gesicht hängt wie eine Maske im Dunkel.

„Weißt du, das Jaromar ein Ranenfürst war, letzter Heide auf Rügen?"

Stoffel sieht ihn an, das Gesicht ein Fragezeichen. Josefs Gehirn nimmt Fahrt auf.

„Was, wenn mein Name aus dem Slawischen kommt, etwa von dai mnje, wie gib her! Dann wären meine Vorfahren Räuber!"

Jetzt muss Stoffel grinsen, etwas Russisch kann er auch noch.

„Möglich auch, deine Urahnen waren Geizkragen, denn dai nje heißt, es gibt nix, oder?"

Josef reckt sich, gähnt.

„Geizkragen! Also! Feierabend, lass uns ins Bett gehen!"

Er zeigt auf das Haus am Ryckbogen, alle Lichter sind bereits aus. Schnell sind die Campingstühle weggestellt, das Feuer ist sowieso nur noch ein mageres Glutnest. Stoffel schlägt dem Freund auf die Schulter, bevor er in Richtung der Brücke im Dunkel verschwindet.

„Schlaf gut, du Dostojewski!"

Josef hört Stoffels Schritte auf den Brettern der Brücke. Dostojewski! Er schüttelt den Kopf. Leise öffnet er die Tür des Hauses, Annalia, seine Frau, und die Tochter Ama schlafen schon fest, jedenfalls ist alles ruhig und dunkel. Nur der Hund fiept an der Tür. Josef lässt ihn nochmal raus, damit er nicht in die Küche pinkelt. Die Tür zum Bad quietscht leise, im Spiegel sieht Josef prüfend sein Gesicht an, zieht die Wangen nach unten.

Tatsächlich, etwas Slawisches hat sein Gesicht. Die hohen Wangenknochen, die hageren Wangen, ein Dostojewski! Der Stoffel! Nun ist Josef wieder hellwach. So braucht er sich nicht zu Annalia zu legen, sein Gezappel würde ihr sowieso nur den Schlaf rauben.

Also putzt sich Josef die Zähne, holt den Hund wieder herein und schaltet im Wohnzimmer die kleine Stehlampe an.

Was waren das für Zeiten, als die Ranen auf Rügen das Evangelium empfingen? Sein Vater hätte ihm gesagt, das Sein bestimmt das Bewusstsein. Auch so ein Spruch! Wie war denn das Sein auf Rügen?

Hatten die Ranen Geld? Josef schaltet den PC ein und schon bald ist er im Juni 1168 angekommen. Josef steht wie Jaromar auf einem Turm, die Schlacht gegen den christlichen Kriegerbischof Absalon steht bevor.

Wrippel, der Hund in der Gegenwart, beginnt sich zu kratzen und Josef fällt aus seinem Traum. Er hilft dem kleinen Hund beim Jucken.

„Na, ist schlimm, so eine Allergie, was?"

Der Hund kneift wohlig die Augen zusammen. Durch Josefs Kopf schießen die Ideen. Vor einigen Jahren entdeckte ein Familienvater an der Tollense einen Knochen, in welchem eine Feuersteinspitze steckte. Später zeigte sich, hier hatten sich einheimische Nomaden und Hethiter aus dem Zweistromland in die Haare bekommen. Mehr als eintausend Gebeine sollen im Schlamm stecken! Alle von Männern zwischen 18 und 35 Jahren.

Was hat die denn geritten?

Warum mussten die sich die Schädel einschlagen?

Warum nicht ganz vorn beginnen?

Warum ist Kain auf Abel losgegangen?

Josef nimmt sich seinen Laptop auf die Oberschenkel, Wrippel kringelt sich neben ihm ein. Das Licht leuchtet traulich, Benterdal liegt und schläft, das leise Klappern der Tasten beginnt. Josef ist im Zweistromland angekommen, ganz kurz nach dem Paradies. Er ist Kain, spürt das Brennen der Sonne.

Kain

Alles geht schnell, ohne dass ich es recht will. Die Sonne knallt unbarmherzig auf die staubige Erde. Das ewige Lamentieren meines Bruders geht mir auf die Nerven. Und Durst, einen Durst habe ich, die Lippen sind rissig, trocken. Während ich von hinten auf den Bruder zulaufe, der, ohne den kommenden Angriff zu ahnen, weiter vor sich hin brabbelt, stiehlt sich meine Zunge wie von selbst zwischen die trocknen Lippen. Voller Hass fixiere ich die hervortretenden Sehnen am Hals Abels, dessen Kopf nickt, gleich dem Kopf eines gehenden, saudummen Schafes. Was für ein stieriger Idiot, warte, dir werde ich es zeigen. Mein Blick zuckt zu den Seiten, auf der Suche nach etwas, nach irgendetwas, womit ich dem Bruder weh tun könnte.

Abels Fuß knickt ein, sogar zum Laufen ist der Kerl zu dämlich, aber da, da liegt der Stein, der ein Ende verspricht. Das Schaben des Steines, das leise Klatschen in meiner Hand muss Abel aufmerksam gemacht haben, vielleicht ist es auch die Angst, sein Schutzinstinkt, der macht, dass er sich im letzten Moment vielleicht noch wehren will?

Doch es ist zu spät, der Stein fliegt, schon während er den Kopf wendet, die Hände noch fest an den Griffen des Hakenpfluges. Mit einem trockenen Knacken trifft der Stein den Kopf meines Bruders, durchschlägt die Schädeldecke oberhalb des Ohres, reißt Kopf und Mann mit sich auf seinem Weg zurück zur Erde, so dass Abel nun neben dem Pflug liegt.

Der Ochse bleibt sofort stehen, dreht den Kopf, soweit das Kummet dies zulässt, das Weiße des Auges schimmert. Dann brüllt das Tier, der ganze Körper spannt sich diesem Schrei entgegen, während aus Abels Kopfwunde nur ein ganz klein wenig Blut quillt.

Abel dreht den Kopf, will er den Ochsen ein letztes Mal beruhigen? Und ich? Ich beobachte genau, wie die letzten Gedanken ihre Abbilder über die Stirn meines Bruders schicken, wie die Ablehnung der Situation dem jähen Erkennen weichen muss, wie dem jähen Erkennen der tiefe Frieden folgt, der letzte Blick in das Himmelsblau.

Als die Augen Abels erlöschen - sie gehen tatsächlich aus wie ein erlöschendes Feuer, werden stumpf wie ein Dolch auf Stein, sein Augenlicht bricht, sucht euch aus, was euch am besten passt, - als er offenbar nicht mehr erfassen kann, dass ich, sein Bruder, neben ihm stehe-, hebe ich den Kopf und lausche.

Die Sonne brennt weiter, mein Mund ist immer noch trocken und der Ochse nutzt die kurze Pause, seinen Mageninhalt wiederzukäuen. Eine Lerche tiriliert und in der Ferne höre ich das stampfende Mahlen Rachels, die jetzt das Korn für mich allein zerstößt. In diesem Moment weiß ich, dass mein Handeln völlig logisch war, denn auf dieser Erde ist nur Platz genug für mich, für mich, Kain!

Josef

Josef lehnt sich zurück. Nicht schlecht, fürs Erste! Er streichelt Wrippel, der vor Wonne schnauft und die Beine in die Höhe reckt. Josef murmelt.

„Warum fand der Mann in seinem Schlauchboot Knochen in der Tollense?"

Nach kurzem Suchen liefert ihm das Internet Auskunft. In Rostock wurde ein Lehrstuhl für Archäologie eröffnet. Den Grund dafür lieferte die Bootsfahrt dieses Mannes. Hier, an der Tollense, hat sich eine der ersten großen Schlachten des Nordens ereignet. Josef schreibt wieder weiter.

Vor 3300 Jahren zerbrach das Reich der Hethiter in furchtbaren Kriegen. Die Schockwellen des Zusammenbruchs reichten weit über die damaligen Grenzen des Reiches hinaus. Sie reichten bis in das

Tal der Tollense, dem Abfluss des gleichnamigen Sees nahe dem heutigen Neubrandenburg.

Hier, am Ufer des kleinen verträumten Flusses, prallten genau zu dieser Zeit Menschen verschiedener Entwicklungsstufen, verschiedener Welten aufeinander. Die Suchenden aus dem Süden brachten das Wissen ihrer zerfallenen und zerstörten Welt mit sich; sie besaßen die Kenntnisse der Metallbearbeitung, konnten verschiedene Metalle miteinander in Schmelzen mischen und in erheblichen Mengen den härtesten formbaren Werkstoff der damaligen Zeit bearbeiten, die Bronze. Hier im Norden trafen sie auf erbitterte Gegner, die sich mit allen Mitteln gegen die befürchtete Verdrängung aus ihrem Lebensraum wehrten. Jäger und Sammler aus einem riesigen Bereich schlossen sich zusammen, gegen die suchenden Vorboten einer Hochkultur zu kämpfen. Sie kämpften auf verlorenem Posten. Das Ende der Welt, wie die Jäger und Sammler sie kannten, war besiegelt. Nach der Schlacht blieb vor der Schlacht.

Während weit im Süden, in den Metallhütten der Hethiter, bereits das Ende der Bronzezeit und der Übergang zum massenweisen Gebrauch von Eisen und Stahl vorbereitet wurde, nahm die Assimilation der Überlebenden der Schlacht an der Tollense ihren Lauf, ging das Leben zur Tagesordnung über.

Während weit im Süden die rücksichtslosen und beweglichen Machtsysteme ihre Dauerhaftigkeit mit Mord, Totschlag und Krieg trainierten, ging in den härteren klimatischen Zonen des Nordens der Kampf ums Überleben von der extensiven Nutzung gewaltiger Ländereien zur intensiven Nutzung und dichteren Besiedlung über.

Die Jäger und Sammler, allesamt Nomaden, wurden sesshaft, sie wurden zu Ackerbauern und Viehzüchtern, also Bauern.

Arbeitsteilung und Spezialisierung waren die Folge, die Arbeit führte zu Ergebnissen, die verglichen und bewertet wurden. Tausch und Handel bauten die vorhandenen Kommunikationswege aus.

Die Menschen sind verschieden in Größe und Körperbau, sie sind verschieden an Kenntnissen und

Auffassungsgabe, sie sind verschieden in ihren Gefühlen, in Freude und Leid. Sie sind rücksichtslos oder voller Mitgefühl, kein Charakter, der dem anderen gleicht. Die einen greifen nach der Macht, andere ordnen sich unter.

Wer einmal eine Position, einen Status erreicht hat, hält ihn fest, gibt ihn seinen Kindern weiter. Cliquen halten zusammen, Clans reden dieselbe Sprache. Auf dieser Grundlage bildeten sich Dörfer heraus. An den Knoten des Handels erteilten die Clanchefs das Marktrecht, Städte wurden gegründet, das alte Spiel der Siedler war aus dem Zweistromland herausgetreten und im Norden angekommen.

Mit dem immer weiteren Rückzug des Eises in Richtung Norden stiegen die Erträge, das Klima verbesserte sich. Die Zahl der Siedler wuchs und wuchs. Etwa zweitausend Jahre später, die Ströme der sogenannten Völkerwanderung, sind annähernd zur Ruhe gekommen, beginnt das Spiel um Einfluss und Macht im Westen der Ostsee aufs Neue.

Die Beteiligten sind diesmal nicht assyrische Adlige, die gegen hethitische Stammesfürsten vorgehen, sondern dänische Potentaten, die nach dem Handelsweg des Nordens greifen, nach dem Meer! Im Jahre 1168 macht sich der Bischof von Roskilde, Absalon, Ziehbruder des Dänenkönigs Waldemar, auf den Weg in Richtung Osten. Sein Ziel ist die Zerschlagung des Fürstentums der Ranen auf der Insel Rügen, die von Waldemar unabhängig ihrem Clanobersten Jaromar Tribut zollen. Und nur ihm!

Ein Feldzug beginnt

Absalon

Als ich an diesem klaren Morgen im Frühjahr des Jahres 1168 die Burg in Roskilde verlasse, höre ich die hellen Schreie der Möwen. Ich nehme das als gutes Zeichen, auf jeden Fall als ein besseres, als das sonst alltägliche Geknarre der Krähen, die gern auf den Zinnen der Burg rasten.

Unsere Flotte steht im Roskilde Fjord bereit, am Ufer rauchen noch die Küchenfeuer. Auf mein Zeichen reiten die Hauptleute der Landetruppen voraus, den Kapitänen den Befehl zur baldigen Ausfahrt zu geben. Der Wind weht stetig aus Süd, die ersten faserigen Wolken deuten auf den Wetterumschwung hin, der uns Westwind bringen wird. Dieser Wind aber trägt uns bis in das Ranenland nach Rugia, deren unerträglicher Götzendienst dort gebrochen werden muss.

Waldemar, mein Ziehbruder würde mich auslachen.

„Götzendienst? Lieber Bruder, die Ranen haben ein funktionierendes Gemeinwesen aufgebaut, ihre Geschäfte gehen ausgezeichnet! Lass uns teilhaben daran, bring mir den Zehnten oder meinetwegen ein Fünftel ihrer Erträge. Aber vor allem, bring mir ihren Treueschwur, ihren Lehnseid. Das Pommernland und Mecklenburg den Her-zögen, doch wenn ich, der König, Rugia kontrolliere und das Grenzland und die Seehandelswege, gehört mir das Baltikum! Mach Jaromar das deutlich."

Jaromar sitzt in seiner Burg am Nordkap Rugias, und er sitzt dort nicht schlecht. Von Norden aus haben wir keine Chance, die Ringburg zu erstürmen, zu steil sind dort die Klippen. Wir werden also, vom Westwind getragen, an der Westküste Rugias landen und die Burg belagern.

Eine Belagerung dort ist einfach, denn wo sollen die Leute Jaromars hin, wenn nicht ins Wasser? Ein Angriff aber bräuchte eine gehörige Übermacht. Eine Übermacht? Ein Teil meiner Übermacht verlässt gerade ziemlich gemächlich die Frühstückfeuer.

Viele der Soldaten haben altes Wikingerblut in sich, sie sind satt, ihre Ausrüstung ist gut. Ich muss ihnen etwas geben, wofür es sich zu kämpfen lohnt. An den ersten Feuern springe ich vom Pferd, bis zum Flaggschiff bleibt nur noch ein kurzer Weg. Der Kapitän des ersten Schiffes eilt mir die Gangway herunter entgegen, ergreift meine Hand und küsst den Ring an ihr.

„Bischof Absalon, Gott mit dir!"

„Mit uns, Alfgrimur, mit uns!"

„Wann werden wir die Segel hissen?"

Inzwischen hat sich eine Ansammlung der Soldaten gebildet, die auf das Schiff will. Schnell steige ich einige Sprossen der Gangway hinauf und von hier aus brülle ich über die Köpfe der Gruppe.

„Wir werden die Segel jetzt hissen, und wir werden Jaromar unseren Heiland bringen. Wenn wir heimkehren, werden auf Rugia Kreuz und Kirche bleiben. Gebt es an alle eure Gefolgsleute, an eure Kameraden weiter: Wir segeln mit Gott, und wir werden das Licht in die seit Ewigkeiten währende Finsternis des Götzendienstes bringen. Wir werden all jene gnadenlos vernichten, die sich uns in den Weg stellen! So wahr mir Gott helfe!"

Ich ziehe das Schwert aus der Scheide, halte es hoch über den Kopf, ein Finger, der zu Gott zeigt. Dann greife ich um, halte das Schwert wie ein Kreuz in der Linken, während ich mit der Rechten das Kreuz spende.

„Wir werden siegen! Dem Svantevit die Hölle!"

Die Soldaten begannen zu brüllen.

„Absalon! Absalon! Absalon!"

Die Aufmerksamkeit der Soldaten der anderen Schiffe ist greifbar, schon eilen Abgesandte aller Schiffe auf uns zu. Die Vergrößerung des Auflaufes muss ich vermeiden, denn wir können uns keine weiteren Verzögerungen erlauben. Schnell steige ich wieder auf mein Pferd, halte weiter das Schwert wie ein Kreuz in die Höhe, nach kurzem Trab ist die Gangway des Flaggschiffes erreicht. Die Signalgasten heben die Fahnen, die Matrosen entern auf, während sich die Soldaten schnell um die besten Plätze neben den Pferden drängen. Die Segel entrollen sich, knattern zuerst lose. Kommandorufe schallen, die Leinen werden gefiert, der Wind greift, die Segel blähen sich, und die Flotte schiebt sich Schiff auf Schiff in Richtung Kattegat. An den Küsten Mecklenburgs und Südschwedens, hier liegen die Pommerschen Schiffe auf Reede, gleichen sich die Bilder, die Soldaten der vereinigten Flotte besetzen ihre Plätze. Gegen Mittag dreht der Wind wie vorhergesehen auf West, die Matrosen setzen auch hier die Segel, die Fahrt gegen Rugia hat begonnen. Wir werden die Jaromarsburg belagern.

Außerhalb der Burg, Vitt

Ture

„Der Schmied muss ran, der Schmied!"
Mit aller Kraft versuche ich den Haken des Setzkeschers so in die Öse des Steges zu hängen, dass die gefangenen Fische zwar im Wasser bleiben, nicht jedoch aus der handbreiten Öffnung der Reuse entwischen können.
Lyr, die auf der Brücke kniet, zieht den Kescher in die Höhe, um den Haken zu entlasten. Ich drücke und zerre, es ist hoffnungslos. Lyr nestelt sich den Gürtel von der Hüfte und, siehe da, nach wenigen Handgriffen schaukeln die Fische im Wasser, während die Öffnung der Reuse hoch über dem Wasser am Haken hängt.
Lyr spottet „Der Schmied muss ran, der Schmied! Geht wohl auch ohne Eisen!"

An meinen Händen kleben silbrige Schuppen. Ich klopfe mir die Schuppen an der Hose ab. Als ich zu Lyr hinauf auf den Steg schaue muss ich lächeln und die Augen zusammenkneifen, denn die Sonne, die Lyr noch vom Land her anstrahlt, verpasst ihr eine Aura, die heller leuchtet, als ihr helles Haar.

Ach, Lyr, wenn du wüsstest! Gestern noch dürres Mädchen, mit eckigen Schultern und knorpeldicken Gelenken, heute schon alles an dir rund und reif! Hinter Lyr, in Richtung Norden, über der Jaromarsburg, steigt der Rauch nur wenig in die Höhe, dann treibt ihn der Westwind über die Wieck. Mit dem Rauch zieht ein dumpfes Dröhnen über das Meer. Ich spitze die Ohren.

„Du, Lyr, wir müssen zur Burg! Die große Trommel wird geschlagen." Lyr zuckt die Schultern.

„Die große Trommel, pah! Wenn wir jedes Mal zur Burg laufen würden, wenn Jaromar einen Angriff vermutet. Weißt du noch, gerade vorgestern, als die Trommel ebenfalls geschlagen wurde? Die Schiffe fuhren in Richtung Norden, wir waren denen völlig egal. Außerdem, meint Jaromar, wie kommen die die

Felsen herauf? Sind doch keine Vögel! Ist er so ein Held, dass er vor einigen Schiffen Angst hat?"

Lyrs große Klappe ist manchmal unmöglich. Also mahne ich sie.

„Sei lieber still, Lyr. Dein großer Mund bringt dich noch ins Unglück. Jaromar ist vorsichtig. Das muss er auch sein, denn, denk nur, er hat den Schatz der Ranen in der Burg. Und wenn wir das wissen, dann weiß es auch der Wind."

Ich zeige auf die Rauchschwaden, die in Richtung Osten vorbeiziehen.

„Siehst du, wenn es der Wind weiß, wissen es die Pommern. Wenn es die Vögel wissen, wissen es die Mecklenburger!"

Dann zeige ich in Richtung Westen, ziehe die Schultern hoch.

„Was ist das nur für ein Leben, so zwischen Nachbarn, die nur eines wollen, unseren Schatz!"

Lyr springt vom Steg in den Sand. Zwischen den Büscheln des Dünengrases führt der Weg zwischen den wenigen niedrigen Hütten hinauf auf das Plateau des Nordkaps. Bis zum Sonnenuntergang könnten wir bei der Burg sein.

Lyr läuft den Hang hinauf, ihr macht das nichts, sie läuft so gern! Oben schirmt sie die Augen gegen die tief im Westen stehende Sonne. In der Ferne ziehen einige Wagen, Menschengruppen eilen auf das für sie unsichtbare Tor zu. Es gibt nur zwei Möglichkeiten. Entweder wir laufen jetzt los, dann sind wir bis zum Sonnenuntergang am Tor, oder wir bleiben hier. Ich kenne die Sturheit der Torwächter. Ein Eintreffen nach Sonnenuntergang hat zur Folge, dass derjenige, der Einlass begehrt, wirklich gute Gründe vorbringen muss. Diese guten Gründe muss der Schutz-suchende durch eine kleine Klappe neben dem baumstarken Haupttor dem Hauptmann der Torhüter direkt in die Hand geben, sonst riskiert der den möglichen Anpfiff Jaromars nie und nimmer.

Und genau diese guten Gründe haben weder Lyr noch ich. Wozu brauchen wir auf der Jaromarsburg sonst schon Geld? Wofür bekämen wir schon welches? Die meisten Geschäfte, die ich abwickele, gehen im Direkttausch über die Bühne. Tja, und ich

fahre nicht schlecht dabei, meine geräucherten Fische sind heiß begehrt, alles was vor und in der Burg hergestellt wird, kann ich dafür bekommen. Nur für den Eintritt nach Sonnenuntergang, dafür werden wirkliche Silberstücke und keine Silberfische benötigt. Lyr wendet sich mir zu. Sie ruft
„Und, großer Fischer, was ist? Keine Lust auf Burgfrieden?"
Kann sie Gedanken lesen? Tatsächlich überlege ich, was das Bleiben bei den Hütten zur Folge hätte. Eine Nacht gemeinsam mit Lyr? Ich sehe das Mädchen gegen den abendlichen Himmel im Licht der untergehenden Sonne leuchten. Nicht die schlechteste Alternative! Ich winke Lyr zu.
„Ist bestimmt wieder ein Fehlalarm! Ich hole uns einige Fische aus dem Ofen, dann machen wir es uns gemütlich!"
Lyr kommt den schmalen Hohlweg hinunter wie der Blitz, ihre bloßen Füße scheinen die Erde kaum zu berühren, die Haare wehen, die Arme schlagen seitlich, als wollte sie das letzte Stück tatsächlich abheben. Dann springt sie mich an, der Ansturm

reißt mich zu Boden. Ich halte das große Mädchen fest und Lyr legt den Kopf an meinen Brustkorb. Ich halte die Luft an, dann atme ich wieder, mein Brustkorb hebt und senkt sich langsam.

Von unserem Platz am Strand aus ist die Sonne bereits nicht mehr zu sehen. Die kühle Meeresluft steigt auf, die Möwen lassen sich schreiend in den Aufwinden tragen, sie leuchten im Abendrot wie kostbare Perlen. Das Sonnenlicht lässt in der Ferne auch das Meer der Wieck leuchten. Das Trommeln verstummt, es wird stiller, immer stiller, nur die Schreie der Möwen stören manchmal das leise Plätschern der kleinen Wellen. Ab und zu dringt ein Ruf, eine menschliche Stimme, ein Lachen bis zu uns.

Lyr liegt ganz still, wie verzaubert lauscht sie den friedlichen Tönen, während ihr Kopf langsam vor meiner Nase auf und ab steigt, von meinen vorsichtigen Atemzügen bewegt: Auf und ab, wie die kleinen Wellen, die an den Steinen unseres kleinen Fischerhafens brechen.

In der Burg

Jaromar

Die Schiffe Waldemars sind in die sichere Bucht, den kleinen Fjord im Windschatten Hiddensees eingelaufen. Meine Späher haben mir die mit Kreide gezeichneten Strichlisten gezeigt, jedes Schiff ein weißer Balken, jeder weiße Balken ein Dutzend Pferde, fünf Dutzend Männer.
Ihre Reiterei ist etwas stärker als meine. Ihre Krieger sind ebenfalls in der Überzahl. Dafür haben wir die Burg. Sie werden uns nicht angreifen, alles spricht für eine Belagerung. Ich habe das Orakel befragt: Assers Schimmel hat das schwarze Gesicht gewählt – wir haben keine Chance.

Vor Hiddensee tauchen wieder Schiffe auf, die verspäteten Pommern, unsere Brüder aus dem Osten! Sie werfen westlich vor Rugia die Anker. Vielleicht geling es mir, zu Bogislaw Kontakt aufzunehmen? Ohne den Blick von den sich in den

Wind legenden Schiffen zu wenden, rufe ich meinen Freund Wedego. Ich muss brüllen, denn die große Trommel dröhnt wieder und wieder. Asser ist unermüdlich.

Wedego ist immer noch dabei, die Zahl der Schiffe, Pferde und Männer und unsere Schlagkraft dagegen zu ermitteln. Mit zusammengezogenen Brauen sieht er in meine Richtung. Ich winke ihn heran, seine Miene hellt sich auf.

„Sieh nur, Wedego, die Pommern liegen direkt vor unserer Nase. Ob wohl Bogislaw bei ihnen ist? Ob er es tatsächlich fertig bringt, gegen uns zu kämpfen?"

Wedego starrt jetzt wie ich zu den Schiffen hinüber, auf denen die Feuerschalen angehen. Er legt die Hände auf die Brüstung des Turmes. „Morgen früh werden wir es wissen. Wirst du das Orakel erneut befragen?"

Die Tore der Burg sind noch weit offen, im Licht der untergehenden Sonne kann ich den Zug der Schutz-suchenden erkennen. Warum sollte sich die Zukunft für uns ändern? Eine erneute Befragung scheint mir sinnlos. Kann es sein, dass allein die schiere Masse der Schutzsuchenden, die in die Burg strömen, das Schicksal zum Einlenken bringt? Kann Bogislaw die vereinte Flotte der Dänen und Mecklenburger in die Zange nehmen und die vorhergesagte Niederlage vermeiden?

Ich bin kein Träumer, die Tribute, die wir in der Burg lagern, sind zu gewaltig. Auch Bogislaw wird seinen Teil bekommen. Wedego kann sich das Risiko und die Mühe der Überfahrt zur Pommerschen Flotte sparen.

„Nein, Wedego, ich werde das Orakel nicht noch einmal befragen. Meinst du, es könnte sich irren?"

Wedego nimmt erschrocken die Hände von der Brüstung.

„Der Svantevit irrt sich nicht."

Er hat nicht vor mir Angst, ist es Asser, der ihm den Schrecken einjagt? Asser, der Seher, der Opfernde, Asser, der vor dem Tempel seine Kreise um den Schimmel dreht, Asser, der unnachgiebige Vollstrecker.

„Komm, Wedego, lass uns nach den Neuankömmlingen sehen."

Wir steigen gemeinsam vom Turm und gehen auf den Hauptplatz, den Marktplatz der Burg, auf dem in den letzten Tagen ständig Karren dichter und dichter zusammen geschoben wurden.

Zwischen den Wagen brennen einzelne Feuer, an den Tiefbrunnen stehen die Frauen geduldig, bis sie an die Reihe kommen. Sorgfältig gießen die Brunnenknechte das Wasser in die Kessel. Die Köpfe wenden sich uns zu. „Jaromar, wir müssen ständig warten, bis das Wasser in der Tiefe wieder nachgelaufen ist. Es sind zu viele Herdfeuer in Gang!"

„Ist dies am nördlichen Brunnen genauso?"

Das Wasser des nördlichen Brunnens ist leicht brackig, für das Kochen der Abendsuppen sollte es immer noch gut sein.

„Herr, das Wasser des nördlichen Brunnens will keine der Frauen benutzen, es schmeckt nicht!"

Ich wende mich an die wartenden Frauen.

„Ihr habt die Wahl: Entweder eure Tröge sind schnell gefüllt und das Wasser ist schon gesalzen oder ihr könnt hier warten, bis ihr genug vom süßen

Wasser bekommt. Diejenigen, die ihre Kessel schnell füllen wollen, gehen mit ihm da zum nördlichen Brunnen."

Ich zeige auf den jüngeren der Brunnenknechte. Etwa die Hälfte der Frauen nimmt die Kessel auf. Sie stehen unentschlossen, bis ich den jungen Mann anfahre.

„Hast du was an den Ohren? Abmarsch, mach die Familien glücklich! Sie bekommen ihr Abendessen eher und sparen noch Salz dabei!"

Weitere fünf, sechs Frauen nehmen die Kessel auf. Der Zug der klappernden Eimerträgerinnen schlängelt sich durch die Wagenburg. Eine Burg in der Burg!

„Du, Wedego, wenn wir den Männern hier Waffen geben, haben diejenigen, die durch dieses Gewimmel, diese Burg in der Burg, wollen, keinen leichten Weg!"

„Verzeih, Herr, wenn diejenigen, die durch dieses Gewimmel wollen, Fackeln bei sich haben, wird die Burg in der Burg brennen, dass es bis Dänemark zu sehen sein wird."

Ich springe auf den nächsten Wagen, forme mit den Händen einen Trichter, rufe für die Abziehenden und die Wartenden.

„Nach dem Abendessen müsst ihr die Kessel noch einmal mit Wasser füllen. Dann nehmt ihr nur Wasser aus dem nördlichen Brunnen! Die Kessel bleiben von jetzt an voll. Jede Feuerstelle, die mit leerem Kessel angetroffen wird, zahlt einen viertel Silberling Strafe!"

Und leise sage ich zu Wedego

„Du kontrollierst das morgen früh. Bei leerem Kessel kassierst du. Wer kein Geld hat, bekommt fünf Rutenhiebe. Ich wette, bevor du den zweiten Fall abkassierst, sind die vergessenen Kessel alle voll! Kommst du mit zu Asser? Ich will sehen, ob das heutige Opfer gut war. Einen verärgerten Svantevit können wir nicht brauchen."

Wedego geht nicht mit mir, er kümmert sich um die Waffen, die im Anbau des Haupthauses, gleich neben den Pferdeställen, bereit liegen. Fünf seiner Reiter erfassen im Torhaus die wehrhaften Männer. Auch diese Erfasser sind, wie die Späher, mit der

guten Kreide und einer Schiefertafel ausgestattet. Mit den Neuzugängen können wir die Krieger der Pommern hoffentlich zahlenmäßig ausgleichen. Aber ich frage mich, wozu, warum die ganzen Bemühungen, wenn wir doch verlieren werden?
Wenn uns Absalon den Landzugang abschneidet, müssten wir den Ausfall wagen. Doch ein Ausfall mit Bauernkriegern? Berge von Leichen wären die Folge.

Während ich langsam in Richtung des Tempels gehe, sehe ich in die Gesichter. Einige blicken freundlich, doch die meisten schauen finster. Jetzt verstummt die große Trommel, und ein spürbares Aufatmen zieht durch die Reihen, zu bedrohlich wummert der Klang der großen Trommel.
Es ist wohl nur einer, der diesen Klang geradezu liebt. Da steht er, Kopf an Kopf mit dem Tempelschimmel. Sein Trommler blickt mir mit fragendem Blick entgegen. Soll ich weitertrommeln? Er hebt fragend den Schlegel. Um Gottes willen! Nein! Ich wedele abweisend mit den Armen. Der

Junge, halbtaub vom dröhnenden Ton, versteht die Geste. Er lässt die Schultern hängen und beobachtet weiter den obersten Priester, von dem seit geraumer Zeit keine Weisungen mehr kommen.

Auch ich starre auf Asser und das Pferd, bis der Schimmel den Kopf hebt und mir erwartungsvoll entgegen prustet. Nun heben sich Assers Lider, seine wachen Augen blitzen aus ihrem faltigen Bett.

„Jaromar, der Svantevit sprach nur noch leise, sein weißes Gesicht weilt bereits hoch im Norden. Osten und Westen haben uns ebenfalls verlassen. Nur der unaussprechliche, der schwarze Geist weilt hier im Lager. Ich habe das Horn mit Wein gefüllt, der Honig fließt schon vom Sockel. Waldemars Gott ist stärker, warum sonst hat sich die Kraft geteilt?"

Seine Augen flackern, so kenne ich Asser nicht. Zweifel waren ihm fremd, Zweifel bei anderen duldete er nicht. Manchen Zweifler schickte er über die Klippe, die Krähen zeigten an, wie ihm das Zweifeln bekommen war. Muss er nun selbst über die Klippe? Eine Gänsehaut jagt mir den Rücken hinunter.

„Wirst du dem weißen Geist folgen?"

Asser breitet die Arme, als wolle er fliegen. Dann dreht er das Gesicht in Richtung Norden. So steht er einige Sekunden, dann lässt er die Arme sinken. Der Schimmel stupst ihn an, die warmen Nüstern suchen die Hand des Herrn. Asser tätschelt abwesend das Maul des Tieres. „Folgen? Ich werde den Tempel schließen."

Schweren Schrittes schiebt Asser das Tor unter dem roten Dach vor das bleiche Antlitz des Gottes. Krachend fällt der Riegel in seine Falle.

Gefahr

Lyr

Ture hat uns zwei dicke Räucherfische auf dem Tisch seiner Hütte aufgeschnitten. Der ganze Raum duftet nach dem goldgelben Fisch! Beim Essen trieft uns das Fett von den Fingern.
Ture bricht ein helles Brot und reicht mir den Brocken ohne aufzusehen. Ich wische den Tran mit dem Brot von den Brettern, es ist schade um jeden Tropfen des guten aromatischen Öls.
Jetzt lächelt Ture mich an, dann reicht er mir ein ausgelöstes Filet, lang wie seine Hand, dünn wie der kleine Finger. Ich lege den Kopf in den Nacken und das Filet verschwindet in meinem Mund. So etwas Zartes, ich kann den Fisch mit der Zunge am Gaumen zerdrücken.
Ture tritt vor die Tür, nimmt eine Hand voll Sand, reibt das Öl von den Fingern. Inzwischen ist es fast

dunkel, er muss sich beeilen, sonst findet er die Feuerstelle nicht, vor lauter Finsternis.

Bald schon flackert ein kleines Feuer, beleuchtet Strand, Steg und Hütte. Sein Schopf leuchtet orange, er verschwindet am nahen Hang, kehrt mit einem Arm Feuerholz zurück. Er legt einige der dickeren Stücke sorgfältig auf das kleine Feuer, dann kramt er in der Hütte, bis er unter der hinteren Bank fündig wird.

Ture zieht einen Ziegenbalg hervor, der beim Anheben gluckert. Noch auf den Knien schwenkt er den Schlauch wie eine Beute.

„Met! Trinkst du mit?"

Nach dem salzigen Fisch habe ich einen ordentlichen Durst und als mir Ture den Schlauch reicht, nicht ohne vorher die Schlaufe an einem der zipfelartigen Verschlüsse zu lösen, schiebe ich den Zipfel in den Mund.

Was für ein Geschmack! Süß und leicht prickelnd rinnt der Honigwein über meine Zunge. Mit großen Schlucken trinke ich, bis mich Ture warnt.

„Halt, halt, Lyr, das ist kein Wasser! Lass mir noch etwas übrig!"

Wenn es ihm nur darum geht! Ich nehme noch einen ordentlichen Schluck, dann setze ich den Beutel, der jetzt schon etwas schlaffer scheint, wieder ab. Die mitgetrunkene Luft entweicht mir mit einem satten Rülpser.

Ture nimmt mir den Beutel ab und schüttelt den Kopf. Dann setzt er selbst an, und als er den Schlauch wieder absetzt, hat der Schlauch alle Spannung verloren. Er schüttelt den Beutel, hält den Kopf schräg.

„Ich glaube, es wird Zeit, dass wir nach Moorbrüggen fahren, das Zeug aus der Burg kannst du nicht trinken!" Mein Bauch glüht jetzt warm, während Ture wieder Holz auf das Feuer packt, bewundere ich seine harmonischen Bewegungen. Aus dem warmen Gefühl des Bauches wird ein Ziehen. Aua, gerade jetzt. Das wird Ture nicht gefallen. Er schaut mir nach, als ich mit einer Hand voll Moos im Gestrüpp verschwinde.

Und ich sage euch, sein Blick sagt mir deutlich, was er will. Ich ziehe mir den Zipfel meines Überkleides, wie es mir die Mutter zeigte, so zwischen den Beinen durch, dass das Moos mein Blut auffangen kann. Jetzt könnte ich den Gürtel wieder gebrauchen, aber der hängt an der Reuse. Mit zwei weiteren Zipfeln binde ich einen befehlsmäßigen Gurt um meinen Leib. Muss eben so gehen.

Als ich wieder in den Feuerschein eintrete, schaut mich Ture fragend an. Ich zeige auf meinen umschlungenen Leib.

„Hab meine Mondblutung!"

Tures Schultern sacken nach vorn.

„Na, dann!"

Er setzt den Schlauch ein letztes Mal an, dann gluckert nichts mehr.

Ture geht zum Wasser. Er kann schwimmen, und er hat mir versprochen, mir das Schwimmen ebenfalls zu zeigen. Ich setze mich ans Feuer, nehme einen der Knüppel auf und stochere in der Glut, bis die neu aufgelegten Äste Feuer fangen. Das Feuer leuchtet wieder heller, so dass ich sehen kann, wie

Ture seine Kleider ablegt und langsam am Steg entlang tiefer und tiefer im Wasser verschwindet.

Gern würde ich es ihm gleichtun, nur, ich kann noch nicht schwimmen. Außerdem, heute geht es ja sowieso nicht! Ich lehne mich zurück, bis meine Haare den Sand berühren.

Zwischen den Wolken tauchen Sterne auf, verschwinden wieder, der Mond lässt die Wolken leuchten. Am Hohlweg des Hanges raschelt etwas, dann schlägt Metall gegen Metall. Schlitternd und stolpernd kommt ein Mann mehr gerutscht als gelaufen. Er dreht sich um und brüllt in die Dunkelheit.

„Öh, Kierls, een Deern, een pige!"

Ich setze mich auf, als die nächsten Männer den Hang herab schlittern. Großes Hallo, ich wage nicht, nach Ture zu sehen, dessen Sachen am Strand liegen. Das Feuer ist wieder etwas kleiner geworden, ich packe einen der glühenden Knüppel und halte ihn wie einen Spieß.

Die Männer lachen und zeigen mit den Fingern auf mich. Mit einem Satz versuche ich, den Weg zu erreichen, um unterhalb der Steilküste zu fliehen.

Aus dem Dunkel tritt ein riesiger Kerl, brüllt, hakt mir mit der Hellebarde zwischen die Beine, so dass ich hart aufschlage. Der Stahl der Hellebarde zieht mir die Haut vom Schienenbein, ich brülle jetzt auch. Das muss für Ture zu viel gewesen sein, er springt aus dem Gebüsch, dem Riesen auf den Rücken, reißt ihm den Helm vom Kopf und stößt mit der Stirn zu. Der Riese nickt unter den Stößen, aber er ist ein harter Brocken. Ich klammere mich an seine Hellebarde.

Die gleichzeitigen Kopfstöße Tures und mein ruckendes Ziehen zwingen den Soldaten in die Knie. Doch als Ture ihm den Rest geben will, er hebt den Helm, um ihm den Soldaten auf den Kopf zu schlagen, trifft ihn der Hieb eines der inzwischen hinzu geeilten Dänen.

Ture reißt die Arme in die Höhe, der Helm fliegt in hohem Bogen in die Nacht, dann bricht er neben dem Riesen zusammen.

Einer der Männer greift mit festem Griff in meine Haare, ich schlage um mich, meine Schläge treffen auf ein hartes Lederwams. Der Mann lacht nur, dann zerrt er mich zurück in den Feuerschein. Harte Hände drücken meine Brüste, mein Hintern wird befühlt, als wäre ich ein Pferd auf dem Markt. Schließlich reißt eine Hand meinen Umhang zur Seite, einer der Männer fummelt an seinem Hosenlatz.

Als sich der Knoten meines Umhangs löst, schlägt die kalte Luft an meinen bloßen Unterleib. Das Moospolster fällt herab, zwischen meinen Beinen schmiert das Blut.
„Blod, överallt blod!"
Der Mann, der inzwischen den Blick auf meinen Unterleib werfen kann, zeigt mit dem Finger. Am Zipfel meines Umhanges baumelt die Schließe.
Er greift zu, ich versuche, dem erwarteten Griff zwischen die Beine auszuweichen, doch die Hand greift nach der Schließe.

Mit einem Ruck zieht er die kleine Brosche an sich, hält sie in das Licht des Feuers. Er winkt dem Mann über mir zu, schüttelt den Kopf, knurrt einige Worte. Der Griff in meinen Haaren löst sich, gibt mich wieder frei.

Ich spucke aus, dann greife ich den Umhang, ziehe die Zipfel notdürftig zusammen, gehe zunächst rückwärts, dann drehe ich mich und laufe zu Ture, der immer noch nackt auf dem Weg liegt.

Er stöhnt, dann schlägt er die Augen auf.

„K-K...-Kannst du gehen?"

Ture nickt. Ich stütze ihn, dann führe ich ihn an den Männern vorbei zur Hütte. Sie treten stumm zur Seite. Nachdem ich Ture in der Hütte auf das Lager gelegt habe, trete ich vor die Tür, seine Sachen zu holen. Die Männer sind verschwunden, das Feuer ist fast heruntergebrannt. Ich spucke wieder aus. Was für ein Pack! Dann wickel ich mein Moospolster wieder dahin, wo es hingehört, krieche neben den zitternden Ture, decke uns zu, so gut es eben geht. Beim Einschlafen sehe ich vor mir den Mann mit der

Schließe in der Hand, der Schließe mit dem Wikingerwappen Moorbrüggens.

Altenkirchen

Absalon

Ein stetiger Strom von Menschen und Kriegsmaterial fließt aus den Schiffen der vereinigten Flotte in Richtung der Jaromarsburg. Auf den Schiffen verbleiben die Mannschaften, damit das kostbarste Gut, die Möglichkeit der Rückkehr, nicht verloren geht.
So jedenfalls ging es schon manchem der marodierenden Seefahrer, der sein Schiff nicht ausreichend sicherte. Verwegene Einheimische schlichen sich an Bord, metzelten die Wachen nieder und fuhren den, mit Beute, Sklaven und Vieh zurückkehrenden Plünderern einfach davon.
Das hämische Lachen schallte den gestrandeten Räubern nach, bis sie auf Wegen, die nicht die ihren

waren, in Wäldern, deren Stämme den Feinden Schutz boten, der Tod ereilte. Nur ganz wenige der Fremden überlebten in den Landstrichen, die sie zuvor verheerten. Diese wenigen Überlebenden trugen die Geschichten der verlorenen Streifzüge zurück.

Ich kenne die Tücken des Einsatzes in fremden Ländern. Als ich durch die Wälder der Normannen nach Paris fuhr, sicherten unsere Reise mindestens ein Dutzend Berittener. Wer mit weniger Schutz reiste, riskierte das Leben. Es ist leider so, Fremde, Reisende sind in den Ländern nirgendwo sicher, manch stilles Grab zeugt von leichtfertigen Wanderern. Wenn sie Glück im Tode hatten, ansonsten blieb ihnen nicht einmal eine Grabstätte, die doch jeder gute Christ braucht, um in den Genuss des ewigen Lebens zu kommen.

Unsere auf Reede liegenden Schiffe jedenfalls sind durch mehrere Schutzringe, umgeben, die sich von den durch Wachen besetzten Decks bis an die Brückenköpfe am Ufer des Fjordes, der Wieck, in die kleinen Häfen und Landeplätze erstrecken.

An diesen Landestellen werden die Menschen, die Pferde, die Waffen und die Verpflegung wiederum durch Wachen beschützt.

Meine Spähtrupps schließlich reiten auf Pferden mit umwickelten Hufen durch die Nacht. Sie haben die Anweisung, alle die Männer zu töten, die nicht mein Wappen tragen.

Die Verpflegung der mehr als tausend Männer ist ein Problem, die wenigen Höfe reichen nicht aus, das Heer zu ernähren. Tag für Tag schließt sich der Belagerungsring wie ein Halseisen um die Burg Jaromars, während die Schiffe der Pommern darauf achten, dass keine Versorgung der Eingeschlossenen über See stattfindet.

Das wenige eingestallte Vieh der Höfe ist ein Tropfen auf den heißen Stein, innerhalb weniger Tage sind die Bestände aufgezehrt.

Drei unserer erfahrensten Kapitäne reisen rund um die Insel. Sie haben nur eine Aufgabe, Vieh und Korn für das Heer heranzuschaffen. Selbst das Trinkwasser muss auf dem Seeweg bereitgestellt werden. An den Landestellen des Sundes stehen

Wagen mit Fässern des kostbaren Wassers bereit. Tag für Tag holt ein Schiff das Wasser an unseren Landungsplatz, entweder über den westlichen Fjord oder über die Tromper Wieck, ganz nach Windrichtung.

Vor Beginn der schmalen Landzunge, die das nördliche Kap mit der Hauptinsel verbindet, auf dem Land des verfluchten Svantevit, fand ich durch Zufall eine Stelle, einen Hügel, der den Blick weit über das Land in Richtung Süden, über das Reich des Slawenfürsten gestattet. Prachtvolle Steine, tonnenschwer, sind zu künstlichen Höhlen aufgetürmt, die verschiedenen Eingänge weisen auf mehrere Grablegungen hin.

Hier, am Ort der Gräber der Ahnen Jaromars, der Ranenfürsten, werde ich die erste Kirche Rugias weihen. Sie wird Zeichen meines Sieges sein. Die Reichsacht Waldemars wird diejenigen bannen, die das Rechtssystem Dänemarks missachten, der Fluch unserer Priester wird diejenigen ächten, die andere Götter, als unseren lieben Heiland anbeten.

Als ich den Grabhügel betrete, ist die Kirche noch Zukunftsmusik, keine Orgel tönt, keine Glocke dröhnt, nur der Wind jault, nun über Südwest, zwischen den Steinen.

Der Platz könnte nicht besser gewählt sein. In der Ferne zeichnet sich die Schanze des Kaps ab, auf der Schanze die gewaltige Ringburg Jaromars mit ihren düster grüßenden baumstarken Palisaden. Der Herr, sei gelobt, er stehe uns bei, den Götzen zu besiegen. Ich schlage das Kreuz dreimal in Richtung der Jaromarsburg, dann brülle ich in die Richtung der Burg.
„Wie ein Blitz werden wir über euch kommen, nichts wird von euch bleiben. Das Kreuz aber, welches ich heute hier, am Grab eurer Ahnen der Erde anvertraue, soll für alle Zeiten von unserer Kirche künden, und von Gott, dem Allmächtigen!"

Gewitter

Asser

Im Kral der Burg steht Asser, er spitzt die Ohren, wie der Schimmel, den er an der Kandare hält. Ein Gewitter zieht auf, es nähert sich aus Südwest.
Noch während der Bischof unweit im Süden seine Messe zelebriert, fallen die ersten großen Tropfen. Die Weiden biegen sich im auffrischenden Wind, ein erster Blitz zuckt, der Donner lässt noch auf sich warten.
Die Menschen in der Wagenburg suchen Schutz unter den Wagen, den wenigen Planen der Zelte. Einige drücken sich mit den Rücken an die Wände der Ställe, in den Ställen selbst wachen die Reiter Jaromars darüber, dass wenigstens die Buchten der Pferde von Schutzsuchenden frei bleiben. Die Glücklichen, die in den Gängen des Stalles im Stroh sitzen, murmeln leise.

Als Blitz auf Blitz aufleuchtet und die Donner grollen, verstummt das letzte Gemurmel. Ein Kind beginnt zu weinen, ein weiteres stimmt ein. Die Pferde werden unruhig, einer der Hengste bearbeitet seine Bucht, die Sparren wackeln. Unruhe zieht ein, die Sitzenden rutschen aus dem Gefahrenbereich. Ein Reiter bedeckt dem unruhigen Tier den Kopf mit einer Sackleinwand, spricht leise, beruhigende Worte.

Jetzt bricht der Regen richtig los, das Wasser rauscht, die Weiden legen sich in den Wind. Ein Blitz zerreißt die graue Luft, nun schon direkt am Kap, jetzt lässt der Donner nicht mehr auf sich warten. Die Burg liegt im Zentrum des Gewitters, Blitz auf Blitz jagt von Wolke zu Wolke. Schließlich findet eine Entladung den Weg in die Erde. Mit einem ohrenbetäubenden Rums trifft der Blitz die nördliche Palisade. Die Baumstämme rauchen, ein breiter Riss spaltet einen der Pfosten.

Das ist zu viel für die Nerven des Tempelpferdes, es bäumt sich auf, die Leine reißt aus Assers Hand. Asser hebt die Arme, das Pferd soll hinter den

Tempel, auf keinen Fall in die Wagenburg stürmen! Die lenkende Bewegung kommt zu spät, schon stürzt der Schimmel in das undurchdringliche Gewirr der Wagenburg. Er kommt nicht weit, Menschen schreien, Holz splittert, dann wird es ruhig.

Der Regen lässt nach, das Grau lichtet sich, es wird heller. Das gute Licht eines Neubeginns bricht, noch zögerlich, hervor. Asser folgt dem Schimmel mit hängenden Schultern, er strafft sich, als er hinter einem zerschlagenen Wagen die Beine des Tieres in den Himmel ragen sieht. Noch zucken sie, doch Asser weiß es bereits jetzt: Einen solchen Sturz übersteht selbst ein heiliges Tier nicht. Unschlüssig sieht ihm ein Bauer entgegen, er drückt sein nasses Kind an die Brust.
Unter der zerdrückten Plane lugt das Gesicht eines Mädchens hervor. Langsam, wie unentschlossen, senken sich die zum Himmel ragenden Beine des Pferdes. Asser kniet sich nieder, nimmt den Kopf des Pferdes in den Schoß. Die dunklen warmen Augen schauen ihn an, Asser sieht seinen Kopf, sein

Gesicht im Spiegel der schwarzen Pupille. Der Schimmel blinzelt, er prustet leise, die gebrochenen Glieder zucken ein letztes Mal, im sinnlosen Versuch aufzustehen. Dann ist auch das vorüber, der heilige Schimmel ist tot.

Asser schaut auf, Tränen laufen ihm über die Wangen. Der Bauer wird zur Seite geschoben, Jaromar fasst Assers Schulter.

Asser dreht kurz den Kopf, sieht seinem Fürsten voller Verzweiflung ins Gesicht, dann wendet er sich wieder dem toten heiligen Tier zu. Assers Stimme kommt dumpf aus der Brust, ein Schluchzen schüttelt seine Stimme

„Du siehst, Jaromar, das Pferd ... der Svantevit hat uns verlassen. Der Kampf ist sinnlos geworden, ich bin sinnlos geworden."

Vor dem Kampf

Asser

Die Dänen, die Mecklenburger, die Pommern mit ihren Schiffen. Vor dem Tor tummeln sich die Anhänger des neuen Gottes, als wären wir nur eine Episode, ein Zwinkern der Geschichte. Die Gräber unserer Ahnen, unerreichbar für uns. Dabei ist unser Geschlecht alt, unser Gott mächtig.
Ist der Svantevit erstickt? Hat er seine Gewalt einfach abgegeben, an diesen seltsamen Menschengott, mit den verletzlichen Gliedern und der Dornenkrone im Haar? Sind die starken alten Götter davongelaufen vor einem Menschenjungen, mit wirren Regeln?
Ich weiß es nicht, ich kann den Sinn nicht erkennen. Warum sind unsere Regeln der Steppe und der Tundra, aus den Weiten des Ostens, auf einmal gerade hier nicht mehr zu gebrauchen?

Warum ordnen sich die Pommern, die Mecklenburger, die Dänen diesem seltsam verletzlichen Kleingott unter? Wegen seines Vaters? War der der Oberkrieger, der Schöpfer der Welt, ebenso wie wir es von unserem Svantevit, dem Unberührbaren, wissen?

Ist auf dem Weg auf diese Insel die Verbindung gerissen? Ich habe bis zur Verzweiflung die Opfer gebracht, der Honig floss von den Stufen, das Horn lief über, vom guten Wein! Habe ich unbedacht ein Tabu gebrochen?

Und jetzt noch mein Pferd, unser Pferd!

Manchem Zweifler habe ich den Weg über die Klippe gewiesen. Jetzt ist es Zeit für mich. Doch ich zweifle nicht! Ich werde dem weißen Gesicht meines Gottes in die Richtung folgen, in die es sich aus dem Verbund der Gottheit löste: Ich werde dem Svantevit in den Norden folgen!

Am Abend wird es so weit sein. Wenn die Sonne den nördlichsten Punkt erreicht, werde ich den Trommler anweisen, den Takt meines Gottes zu schlagen.

Papamm, papamm … papamm, papamm… .

Am Abend kommen Jaromar und Wedego zum nördlichen Tor, gleich hinter dem Brunnen. Die Trommel dröhnt schon eine ganze Stunde, und als das Tor geöffnet wird, leuchtet es im Schein der tiefstehenden Sonne auf. Papamm, Papamm … Papamm, Papamm… .

Unermüdlich wirbeln die Arme des Trommlers, erst als die Trommel hinter den Palisaden ertönt, wird es ruhiger im Lager. Die Menschen gehen ihren abendlichen Geschäften nach, die Frauen kochen ihre Suppe, die Männer treffen letzte Vorbereitungen für die nächste Nacht.
Wird der nächste Tag den Kampf bringen?
Ich warte, bis die Sonne weit links vor mir das Meer berührt. Jaromar und Würdelos stehen stumm am Rand der Klippe.
Ich breite die Arme weit aus.
Jetzt zieht ein kalter Hauch aus der Tiefe empor.
Dann fliege ich los.

Die Männer sehen den Leib Assers, dessen Arme ziehen sich zurück, stoßen nach oben. Jubelt der alte Mann? Dann berührt sein fliegender Körper die Steilwand, die Beine werden zurückgerissen, in einem wahnsinnigen Wirbel verdrehen sich Assers Glieder, bis sein rasender Fall zwischen den Steinen des Strandes zur Ruhe kommt. Der Fürst legt Wedego den Arm um die Schulter.

„Wofür sollen wir jetzt noch kämpfen? Für einen Schatz?"

Jaromar gibt dem Trommler ein müdes Zeichen.

„Lass es gut sein!"

Als er wieder durch die Pforte zurück in die Burg treten will, hält ihn Wedego zurück.

„Warte, Jaromar, warum nicht für einen Schatz kämpfen? Vielleicht kann der uns noch helfen?"

Einige Stunden später, es ist bereits stockdunkel, gleitet eine Truhe, gut gefüllt mit Silber und Gold, denselben Weg in die Tiefe, den auch Asser nahm. Etwas später packen zwei dunkle Gestalten den Leichnam, legen ihn so zwischen die Steine, dass sein

Gesicht in Norden weist. Dann nehmen sie die Truhe auf, verschwinden schwer gebeugt in Richtung Süden.

Abschied von Rugia

Ture

Mir dröhnt der Kopf. Leise schiebe ich die Decken zur Seite. Lyr schnarcht leise, ich bin froh, dass sie jetzt ruhiger schläft.
Im undurchdringlichen Dunkel der kleinen Kammer zeichnen sich die Ritzen der Tür mit leichtem Schimmer ab. Der Mond ist wieder da, das Gewitter hat einen klaren Himmel hinterlassen.
Ich strecke die Arme aus, bis ich das rohe Holz der Eingangstür fühlen kann. Vorsichtig hebe ich den Riegel an, leise geht die Tür nach außen auf.
Vor dem Kap sind die Schiffe der Pommern deutlich an den glühenden Punkten ihrer Feuerschalen zu erkennen. Der kalte Sand brennt an den nackten

Füßen. Schnell geht Ture bis an den Steg, taucht beide Hände in das Wasser, kühlt sich Stirn und Nacken.

Das tut gut!

Noch während ich da hocke, bemerke ich eine Bewegung am Strand in Richtung Norden. Hastig stehe ich auf und drücke mich in den Schatten der Hütten.

Als sich meine Augen an die Dunkelheit gewöhnt haben, sehe ich, wie sich zwei Gestalten zwischen den Steinen mit einer Kiste abquälen. Im Mondlicht kann ich den taumelnden Gang, die gebeugte Haltung der beiden Männer gut erkennen. Die können nicht mehr!

Tatsächlich verschwinden die beiden Schatten zwischen den Steinen, nur die abgestellte Kiste steht, einem Stein gleich, am Ufer.

Ture friert jetzt, er will gerade wieder in die Hütte schlüpfen, als die beiden nächtlichen Wanderer erneut auftauchen, die Kiste zwischen die Steine bis an den Rand der Steilküste zerren.

Dann sind sie im Schatten der Steilküste verschwunden. Der stille Beobachter bibbert, die Zähne schlagen, doch er will wissen, ob die beiden Gestalten weiterlaufen, gar bei ihnen vorbeikommen! Es dauert nicht lange bis die Männer wieder auftauchen. Sie stehen still, starren in die Richtung der dunklen Hütten am Strand.

Als sich dort offenbar nichts bewegt, drehen sie um und beginnen ihren Rückweg zur Burg.

Jetzt kann ich die Arme schlagen und springen, bis mir wieder wärmer wird.

Leise schleiche ich zurück in die Hütte, hebe vorsichtig unsere Decken an, streife den Sand von den Füßen.

Lyr wimmert im Schlaf. Ich strecke die Hand aus, berühre Lyrs Haar. Doch als Lyr zurückzuckt, lege ich mich vorsichtig auf die Kante des Holzverschlages, welcher die Binsen zusammenhält. Ganz langsam schiebe ich mich in die Nähe der wohligen Wärme des Mädchens, strecke die Füße, bis auch sie die Wärme der Schlafenden spüren. Ein tiefer Atemzug, ein kurzes Neuordnen der Kleidung, die sie bedeckt.

Die Kopfschmerzen spüre ich nicht mehr, dafür gaukeln mir die nächtlichen Erlebnisse durch den Kopf. Auf jeden Fall werden wir nachsehen, was die beiden Gestalten zwischen den Steinen hinterlassen haben!

Das Silber, das Gold in der Truhe, die Jaromar und Wedego für schlechte Zeiten in der Höhle hinter den Steinen des Strandes versteckten, hat im Ranenschatz keine spürbare Lücke hinterlassen.

Zu gewaltig sind die Schätze, die über Generationen als Tribut an die Herrschenden Rugias geflossen sind.

Jaromar hat während seiner Herrschaft den Besitz gehegt, nicht geschmälert. Er führte keine Kriege gegen die Stämme, die im Süden den Einfluss der Ranen Schritt für Schritt zurückdrängten, die Stück für Stück das Land eroberten. Zu stark schienen ihm deren Verbündete aus dem Süden und Jaromar, der meinte, auf seinem Inselreich in schöner Autarkie den Handel mit den Stämmen des Festlandes erweitern zu können, musste nach anfänglichen Erfolgen erleben, wie sich sein Plan der Koexistenz mit den christlichen Nachbarn in Luft auflöste.

Lyr

Als jedenfalls Lyr am Morgen mit der Beseitigung der Spuren des gestrigen Abends beschäftigt ist, sieht sie, wie Ture an der Steilküste in Richtung Norden zwischen den Steinen sucht. Er scheint gefunden zu haben, was ihm fehlt, denn sie sieht, wie seine Gestalt zwischen den Steinen verschwindet.
Hat er eine Höhle gefunden?
Lyr wringt die nassen Zipfel ihres Umhanges aus, schüttelt die Falten heraus und geht zur Reuse, die immer noch mit ihrem Gürtel befestigt am Steg hängt. Nach kurzem Überlegen läuft sie zu den Überresten der Feuerstelle, nimmt einen kurzen Stumpf des übriggebliebenen Holzes. Jetzt kann sie den Gürtel aus der Schleife ziehen, die die Reuse am Haken hält. Dafür zieht sie ein Stück des Netzes

durch die Öse und steckt den Knüppelstumpf einfach hindurch.

Zufrieden betrachtet sie ihr Werk.

„Der Schmied muss ran…!"

Sie schüttelt den Kopf. Dann zieht sie den Gürtel durch ihre Schließe, zieht ihn zusammen und rennt den Strand entlang zu Ture.

Tatsächlich! Sein Hintern lugt aus einem Erdloch, die Schultern klemmen im Mergel fest. Sie kann nicht anders. Weit ausholend klatscht ihre Hand auf den straff gespannten Stoff seines Hemdes. Mehr als ein Zucken kann Ture als Reaktion nicht liefern, ein hohles Kollern dringt unter ihm hervor.

Seine Beine beginnen mit der Rückwärtsbewegung, als sein verschmierter Schopf auftaucht schimpft er laut.

„Bist du denn …! Das tut weh!"

Er reibt sich den Hintern. Lyr lacht ihm ins Gesicht.

„Sei froh, dass ich das war! Stell dir vor, unsere Freunde von gestern Abend hätten dich so gefunden. Stell dir vor, die hätten gedacht, ich stecke in dieser Position. Ob dir das gefallen hätte? Was tust du da überhaupt?"

Ture zeigt in den engen Gang.

„Möchte wissen, wie die Kerle die Truhe so tief da rein gekriegt haben! Heute, in der Nacht, als ich draußen war, habe ich gesehen, wie zwei Männer etwas versteckten."

Er stiert in das Loch.

„Kannst du die Truhe da hinten sehen? Die haben sie hier in die Wand geschoben."

Lyr schüttelt den Kopf. Männer! Alles wollen sie selbst machen! Schnell ist sie im Loch verschwunden, ebenso schnell steht die Truhe vor ihnen, zwei Schläge mit einem der kantigen Feuersteine und ratlos stehen sie vor einer Menge Geldes, die sie noch nie im Leben gesehen haben, wohl auch nie wieder sehen werden.

Tures Entschluss ist schnell gefasst.

„Das nehmen wir mit nach Moorbrüggen!"

Er packt Lyrs Schultern, grinst.

„Dafür können wir Moorbrüggen kaufen!"

Lyr kneift die Augen zusammen.

„Sei nicht so vorschnell, lass uns überlegen!"

Sie denkt laut nach, ihre Schlüsse sind die richtigen. Die Herren der Burg würden es nicht gut finden, wenn ihr Schatz in Richtung des Handelsplatzes an der Peene verschwinden würde. Sie könnten sicher sein, dass die Jagd auf sie beginnen würde.

„Nein, Ture, wir machen das anders. Hol einen Lappen, wir nehmen nur einen kleinen Teil mit. Genug für uns und zu wenig für sie."

Sie kann an Tures Körperhaltung erkennen, was er von diesem Vorschlag hält.

„Na, geh schon! Wenn du solch einen Schatz hast, will ich gern deine Frau sein!"

Sie strahlt ihn an, ihr blondes Haar glänzt in der Morgensonne. Seine Haltung wird lockerer, aber er ist immer noch etwas verkrampft. Also umarmt sie ihn, er sieht ihr leuchtendes Gesicht, die geschlossenen Augen und ihr Kuss… !

Der Geruch ihres Speichels fährt ihm in die Nase, ihre festen Brüste drücken durch den Stoff. Als sie an ihrem Bein spürt, in welche Richtung Tures Gedanken ab-schweifen, schiebt sie ihn von sich.

Jetzt steht er krumm, die Spannung hat sich vom Kopf in südlichere Gefilde verschoben.

„Geh schon! Glaub mir, das ist besser für uns!"

Und Ture geht, nach wenigen Minuten haben sie einen handlichen Beutel abgefüllt, immer noch so viel!

Lyr lacht wieder.

„Heb mal an, wenn wir alles genommen hätten, wäre unser Boot glatt gesunken."

Ture nickt. Auch wieder wahr! Sie brauchen nicht lange, dann ist die Truhe wieder an ihrem Platz, die Fische sind im Boot und im Versteck im Bilgenwasser, gut abgedeckt unter Borkenplatten, liegt ihr kleiner Schatz. Sie schauen nur kurz zurück, auf ihr Lager südlich des Kaps.

Die Hütten Vitts bleiben zurück, nach kurzer Zeit liegen die Kreidefelsen des Kaps hinter ihnen. Die Besatzung eines der Pommerschen Schiffe winkt ihnen zu. Ihnen ist es egal, ob ein Liebespaar die Landzunge verlässt. Sie haben nur Order, niemanden an Land zu lassen.

Die Jaromarsburg ist gefallen

Kapitän

Drei Wochen fuhren wir nun Tag für Tag die Linie rund um die Insel Hedinsoi. Zweimal saßen wir in den Schlickbänken vor dem Sund auf Grund, und mussten den nächsten Tidenhub abwarten, der hier wahrhaftig lächerlich gering ist, um wieder flottzukommen.

Noch am gestrigen Abend standen die Zeichen auf Sturm auf die Burg, die großen Trommeln wurden geschlagen, bis alle ganz kribbelig waren.

Die Marketenderinnen packten ihre Sachen, die Wagen verschwanden aus dem Lager. Ein sicheres Zeichen, denn die Gewinnweiber sind stets zur Stelle, wenn es etwas zu holen gibt. Gibt es allerdings einen Kampf, dann ist weit und breit kein Marketenderinnenwagen zu sehen.

Ich ließ mein Schiff auf dem Fjord hinter Hedinsoi so dicht an den Kirchenneubau Absalons heran staken, wie es nur ging.

Die Trommeln dröhnten, gewaltige Feuer loderten dicht an der Ringbefestigung der Jaromarsburg, auf deren Türmen die Köpfe einiger Ranen unsicher über die Palisaden lugten. Doch nichts geschah. Nichts!

Nicht einmal Pfeile wurden auf die fürwitzigen Späher abgeschossen.

Jaromar, der alte Fuchs, ließ sich nicht provozieren. Er blieb jedoch auch nicht einfach in seinem Bau sitzen, wie Absalon es angenommen hatte!

Am nächsten Morgen also standen die Burgtore offen, als wäre ein ganz normaler Markttag. Sogar die Fahnen an den Türmen wehten im Wind.

Jetzt war die Ratlosigkeit auf unserer Seite groß. Die Frage war natürlich, ob die einladend offenen Tore eine Falle dar-stellten? Hinter jedem der schmalen Eingänge konnten hunderte Ranen warten, die Messer gewetzt, wonnegrunzend!

Wieder einmal bewies auch Absalon seine Weitsicht. Wenn Jaromar ein Fuchs ist, dann ist Absalon ein Löwe! Er schickte nicht etwa seine Vorhut auf einen womöglich törichten Einmarsch.

Er ließ die Situation einfach, wie sie war.

Die Tore blieben offen, unser Lager aber kehrte zum Alltag zurück. Ich sage euch, das war die seltsamste Schlacht, die ich je erlebte.

Leider musste ich wieder ablegen, um mit unserem Schiff Trinkwasser vom Festland zu holen. Als wir zwei Tage später wieder bei Südwest in den Fjord einliefen, sahen wir schon von weitem eine gewaltige Rauchwolke aus der Burg aufsteigen. Mir schlug das Herz bis zum Halse, ich lauschte angestrengt.

Doch wie ich den Kopf auch drehte, nur der Wind pfiff in unseren Segeln, kein Schlachtenlärm war zu hören! Als wir anlegten, kamen uns nicht wie sonst üblich die Soldaten entgegen.

Keinen interessierte unser kostbares Trinkwasser. Nur aus der Burg stiegen dicke schwarze Rauchwolken auf.

Sobald die Landebrücke lag, sprang ich an Land und lief in Richtung der Burg.

Einige Soldaten bewachten unser Lager, eine Gruppe Mi-neure legte die Pfosten der Palisade neben dem Hauptturm um.

Stellt euch meine Verwunderung vor, die Burg wurde bereits geschleift!

Ich ging durch menschenleere Gassen zurückgelassener Wagen, bis ich auf dem Hauptplatz der Burg auf tausende zusammengedrängter Menschen traf. Gerade mit mir trafen sechs Mineure ein, auf den Schultern einen der Balken der Palisade.

Sie mussten nicht rufen, wie von Zauberhand geleitet traten die Menschen, die alle weiter in Richtung des Feuers starrten, zur Seite. Ich packte das hintere Ende des Balkens der Mineure und lief wie Moses durch die See. Hinter uns traten die Ranen wieder zusammen.

Das seltsamste war, all das geschah in absoluter Stille. Schon fast wieder an der nördlichen Palisade brannte ein gewaltiges Feuer.

Die Mineure setzten den Balken ab, kippten ihn über das, dem Feuer am nächsten liegende Ende in das Flammenmeer.

In dem Moment rutschten die brennenden Balken nach, ein Holzdach stürzte ein. Ein Funkenregen stieg zum Himmel und aus den Trümmern ragte eine seltsame Skulptur.

Ich stand direkt vor dem Svantevit.

Die Menge stöhnte auf, die weiter hinten schoben vor, die vorn schoben zurück. Unberührt von der Bewegung in der Masse standen an der Nordseite einsam zwei Männer: Jaromar und Absalon.

Als der Svantevit Feuer fing, ging Jaromar in die Knie. Der Bischof hob die Arme, in den Linken ein Kreuz, nein ein Schwert, wie ein Kreuz gehalten! Mit der Rechten schlug er ein ums andere Mal das Kreuz, der Arm musste ihm bald lahm werden, denn der Svantevit brannte lange.

Balken um Balken nährte das Feuer, bis der Rest des Svantevits zu Boden ging.

Die Menge trat wieder zur Seite, Absalon verschwand mit Jaromar im Hauptgebäude. Am nächsten Tag rauchten die Reste des Feuers noch.

Als ich ging, um nachzusehen, stand in einer Kuhle in der Asche ein solides Holzkreuz, gezimmert aus den Balken der Palisade.

Noch am selben Abend trugen unsere Soldaten Truhe um Truhe aus den Lagern der Ranen bis zu den Flaggschiffen Absalons.

Mit großem Tiefgang verließ Schiff auf Schiff den Fjord und verschwand mit nordwestlichem Kurs in Richtung Dänemark.

Rast an der Mündung der Hilda

Ture

Ich kann den Blick nicht vom schönen Rücken Lyrs los-reißen, unter deren Umhang die Schulterblätter arbeiten, ab und zu von den langen blonden Haaren verdeckt.

Seit Stunden schon sehe ich zu, wie sich die runden Muskeln bewegen, die kleinen Hügel kommen und gehen, links, rechts, immer im Wechsel.
Zug um Zug haben wir uns durch den Strom gearbeitet, die Stadt am Sund liegt bereits weit zurück und ich muss sagen, Lyr hält sich wacker!
Den großen Schiffen der vereinigten Flotte sind wir aus-gewichen, die letzten Inseln am Ende des Sundes bleiben langsam aber sicher westlich hinter uns zurück.

An der Einfahrt des Flusses Hilda leuchtet ein einsames Feuer. Der Feuerknecht beleuchtet Abend für Abend im Auftrag der Salinenbetreiber die Einfahrt des kleinen Flusses, denn hier beginnt der Treidelpfad.

Am Anleger wird ein dicker Handelskahn für das Schleppen bereit gemacht, Seile werden an Baumstümpfen festgelegt, eines muss über den Fluss gezogen werden, damit am nächsten Morgen die Reise flussauf beginnen kann.

Als wir näher kommen, zische ich Lyr an, das Paddeln einzustellen. So leise, wie wir durch den Abend treiben, hören wir jedes Geräusch, da, das Platschen einer Leine, die vom Boot aus ins Wasser geworfen wird.

Einer der Treidler springt ins Wasser, legt sich das Seil über die Schulter und zerrt es mit sich.

Jetzt lauschen wir beide angespannt, die Schulterblätter Lyrs ruhen still, vom Paddel tropft leise Wasser in das Meer.

Ich recke den Hals, dann paddeln wir vor der Mündung des Flusses in weitem Bogen auf die

Wieck zu. Doch es bleibt dabei, nur der Handelskahn liegt am Ufer, kein Kriegsschiff ist in Sicht.

Der nasse Treidler klettert ans Ufer, schüttelt sich, winkt uns kurz zu, bevor er in der Hütte am Ufer verschwindet. Aus der offenen Tür des Katens dringen einen Moment lang laute Stimmen, die Tür kracht zu, und der Lärm geht schlagartig um einige Grade zurück.

Lyr dreht sich, so dass ich ihr Gesicht seitlich sehe. Die Flammen des Leuchtfeuers lassen ihre Wangen orange aufleuchten.

„Die feiern! Lass uns zu ihnen gehen!"

Feiern! Als ob wir keine anderen Probleme haben! Ich schüttele den Kopf skeptisch, denke an den Geldsack im Bilgenwasser des Bootes, an die Soldaten, die Lyr nur wegen der Wikingerschnalle in Ruhe ließen.

Lyr paddelt jetzt kräftiger, denn sie kann die Ablehnung in meinem Gesicht nicht sehen.

„Warte, Lyr, warte! Wir müssen erst überlegen!"

Scharrend läuft das Kanu auf Grund, schnell ist Lyr auf das Gras am Ufer geklettert.

Da steht sie, ihr blondes Haar leuchtet im Licht des Feuers. „Du, Lyr, geh' da lieber nicht rein. Da sind bestimmt nur lauter Kerle drin!"

Im gleichen Moment setzt im Haus ein lautes Lachen ein, ein helles Kreischen erklingt, eindeutig eine Frau. „Außerdem: Das Geld!"

Ich zeige auf die Bodenbretter des Bootes.

Lyr zieht die Augenbrauen zusammen.

„Mann, Ture, versteck das Geld einfach unter den Steinen! Siehst du hier jemanden? Na also!"

Sie lässt sich nicht umstimmen, also ziehe ich einige der größeren Steine aus dem Uferschlick, zerre den Geldsack unter den Borkenbrettern hervor und stopfe ihn in das entstandene Loch. Nachdem die Steine wieder darauf liegen, ist tatsächlich nichts mehr zu erkennen.

Hauptsache, wir finden das Versteck selbst wieder! Wir ziehen unser Kanu weit auf den Rasen. Damit ich das Versteck auch gewiss wiederfinde, drehe ich die Spitze so, dass das Boot wie ein Zeiger genau auf das Versteck des Geldes weist.

Lyr

Ture steht wie ein Denkmal, nein, kritisch steht er, die ganze Gestalt ein tiefer Zweifel an unserer einfachen Absicht, eine Rast einzulegen. Dabei muss es sein, denn wir müssen essen und trinken! Wie er da steht, die Arme in die Seite gestemmt, braucht er etwas Ermunterung, also ziehe ich ihn am Hemdzipfel.
„Nun komm schon, oder willst du hier Wache halten?" Widerstrebend lässt er sich mitziehen.

Als ich die Türe öffne, verstummen abrupt die Gespräche und das Lachen, alle Gesichter wenden sich zur offenen Tür. Die Frau schaltet zuerst. Sie zwängt sich hinter dem Tisch hervor, an dem noch fünf Männer sitzen. Der nasse Treidler rubbelt sich gerade die Haare mit einem Tuch. „Na, wollt ihr auch hier übernachten?"

Viel Platz ist in dem einzigen Raum nicht. Außer dem Tisch mit seinen zwei Bänken findet noch ein offener Kamin an der Stirnseite Platz. In der Nische neben dem Kamin steht ein Fass. Die Frau dreht sich zur Wand, nimmt zwei Holzkrüge vom Bord.

„Wollt ihr etwas trinken?"

Ture nickt, die Frau zwängt sich an uns vorbei in die Nische neben dem Kamin, schiebt den Holzdeckel vom Fass und schöpft die Holzkrüge voll. Sie reicht uns die beiden Becher, ihre Augen schauen uns kurz an. Sie muss gut finden, was sie sieht, denn sie spricht freundlich zu uns. „Ich bin Martha, die zwei an der Wand und der Bengel da sind Treidler aus Grypswold. Hier vorn sitzen Käpt'n und Bootsmann. Setzt euch dazu, das Essen ist gleich fertig." Sie schiebt den nassen Jungen zur Seite, bückt sich, legt flink einige Scheite Holz in den Kamin.

„Ihr könnt euch ruhig mit an die Wand setzen, ich muss jetzt sowieso die Suppe rühren."

Wir schieben uns auf die Bank, Ture zuerst, ich hinterher. Der Kapitän und der Bootsmann sitzen uns nun gegenüber. Wie das so ist: wenn Neuankömmlinge hinzukommen, herrscht verlegene Stille, alle schlürfen versonnen die trübe Brühe aus ihren Bechern.

Ich bin vom Paddeln durstig, also schnuppere ich am Becher. Es riecht fruchtig und ich setze an. Ein großer Schluck der trüben Brühe schießt mir über die Zunge. Der Trank sieht zwar milchig aus, schmeckt aber wie er riecht, fruchtig und er perlt ein wenig. Nach weiteren großen Schlucken breitet sich eine wohlige Wärme in meinem Bauch aus, die über die Glieder bis in den Kopf ausstrahlt. Ich kann nicht anders, ich finde die Hütte prima, die Leute darin sowieso. Martha hebt den Kessel vom Haken und stellt ihn auf den Tisch.

„Wer mit essen will – das kostet euch einen halben Pfennig, ebenso wie jeder Krug Bier."

Ture zuckt zusammen, er flüstert mir ins Ohr.

„Hab' vergessen Geld aus dem Sack zu nehmen."

Ich stoße ihn an.

„Klar essen wir mit!"

Mit rotem Kopf drängt sich Ture hinter dem Tisch hervor. „Muss nochmal raus…"

Der Kapitän zeigt auf die offene Tür.

„Ist deinem Mann unwohl?"

Mein Krug ist leer, ich strecke den Arm aus, damit ihn Martha wieder füllt. Sie taucht den Becher tief in das Fass, ein Gluckern zeugt davon, dass noch einiges Bier im Fass ist. Ich greife zu, wische die Tropfen vom Tisch auf die Erde.

„Ture? Das ist nicht mein Mann!"

Dann nehme ich den nächsten großen Schluck. Nicht schlecht, das Bier!

Ture kehrt zurück, sein Blick ist ziemlich finster, als er sieht, wie der Bootsmann mit mir anstößt. Als sich Ture auf die Bank drängelt, schiebt er mich mit dem Hintern weit zur Seite, dass ich nun dem Kapitän gegenüber sitze. Ture fragt den Bootsmann

„Und ihr, Bootsmann, ladet morgen Salz?"

Der Bursche sieht nicht wie ein Ladeknecht aus. Seine Schultern sind zu schmal und seine Hände, so weich! Vom Bart ganz zu schweigen! Die Wangen sind glatt wie bei einem Knaben, nur einige Flusen kräuseln sich auf der Oberlippe.

Ture, neben mir, streicht seinen runden Bart, schaut auf seine rissigen Pranken. Dann fragt er den Jungen.

„Wollen wir mal Armdrücken?"

Der Bootsmann lächelt. Dann zieht er irgendwo aus dem Dunkel unter dem Tisch eine Flöte hervor.

„Erst, wenn du mir ein Lied spielst, welches ich nicht wiederholen kann!"

Ture ist perplex, ich drücke mit dem Hintern gegen seinen, bis er wieder etwas zurückweicht.

Die Augen des Bootsmannes blitzen. Sind sie nicht ebenso blau wie die Augen der Wikinger? Doch jetzt geht Martha dazwischen. Sie schiebt sieben Löffel neben den Topf. „Jetzt wird nicht gespielt, jetzt wird gegessen!"

Jeder greift sich einen Löffel und der Raum ist von Pusten und Schlürfen erfüllt.

Die Suppe ist heiß, wer seinen Teil am wenigen Fleisch sichern will, muss tief am Grund des Topfes fischen!

Ture reckt den Hals, sogar seine Finger tauchen in die heiße Brühe. Er führt den Löffel zum Munde, pustet, schnappt mit hochgezogenen Lippen nach dem heißen Fleisch.

Der Bootsmann linst durch den Dunst über dem Topf, sieht, wie ich meine dünne Brühe schlürfe.

„Darf ich dir ein wenig kühles Fleisch reichen?"

Er hält mir den Löffel mit einigen bereits abgekühlten Brocken hin.

„Ich heiße Arne."

Er strahlt mich an, also nehme ich den Löffel, stecke mir die Fleischstücke in den Mund. Ich flöte durch den Suppendunst.

„Ich bin Lyr, das neben mir ist Ture."

Ture spuckt das heiße Fleischstück auf den Tisch. Ich sehe, jetzt ist er richtig wütend, sein Kopf läuft rot an, sieht aus, als wollte er gleich über den Tisch langen.

Das Fleischstück vor Ture liegt im Matsch, ich lächle Arne an, gebe ihm den Löffel zurück. Ture greift auf den Tisch vor sich, verschlingt das inzwischen abgekühlte Fleischstück mit knirschenden Zähnen.

Dann schüttet er das Bier wie Wasser in sich hinein, schiebt mich wieder in Richtung Kapitän, dass ich bald von der Bank falle.

Mit gesenktem Kopf murmelt er

„Muss nochmal raus …".

Der Kapitän grinst.

„Kann dein Mann auch was anderes sagen?"

Ich grinse ihn an

„Das ist immer noch nicht mein Mann. Er kann wohl etwas anderes sagen, aber ihr könnt, scheint's, nichts anderes denken!"

Der Kapitän stellt sein Grinsen schlagartig ein.

Dafür lacht Arne neben ihm laut los.

„Nicht schlecht, dei Deern!"

Er winkt mir mit der Flöte zu.

„Wie wäre es mit einem Tänzchen?"

Voller Zweifel lasse ich den Blick kreisen.

„Hier?"

Martha ist begeistert.

„Ja, klar hier! Was denkst denn du! Den Tisch stellen wir raus!"

Martha packt den Topf und sehnsüchtig sehen die Treidler, wie der Kessel wieder über das Feuer gehängt wird.

„Nu, geiert der Suppe nicht hinterher, könnt ja immer mal ein wenig löffeln!"

Martha stößt den jüngsten Treidler an.

„Pack an, der Tisch muss raus!"

Mit wenigen Handgriffen wird der Tisch durch die Tür bugsiert, schon ist Platz genug.

Arne beginnt mit einer ruhigen Melodie, der Käpt'n packt Martha, der nasse Treidler springt auf und kommt auf mich zu. Dann drehen wir uns langsam zur besinnlichen Melo-die.

„Wollt ihr morgen auch mit zur Sohle? Wir können euch einfach mitziehen!"

Der Treidler nickt eifrig.

„Der Wind kommt aus Südwest, da geht es noch. Dreht der Wind auf West, brauchen wir Verstärkung!"

Meine Faust presst das nasse Hemd des Jungen zusammen. „Musst du wieder über den Fluss? Ich kann dich an das andere Ufer hinüberfahren, dann musst du nicht nass treideln."

Der Junge wirft den Kopf zurück.

„Das macht doch nichts, es ist doch warm! Außerdem schwimm ich gern. Kannst du schwimmen?"

Ich schüttele den Kopf. Das will mir Ture doch noch bei-bringen.

Ture, wo steckt der überhaupt? Er hat sich an den Tänzern vorbei auf die Bank gedrückt. Die Arme vor der Brust verschränkt, schaut er abwechselnd Arne und den Jungen finster an. Als Arne das Lied beendet, springt Ture schnell auf und schiebt den Jungen zur Seite.

„Jetzt tanzen wir!"

Arne klopft schnell auf die Bank und zwei der Treidler klopfen mit. Dann beginnt er einen schnellen Tanz, ein dudelndes Auf und Ab, ein Jagen der Töne, in sich wieder-holender Schleife.

Wir vier Tänzer stampfen mit den Beinen, packen uns, wirbeln herum. Als einer der Treidler das Feuer im Kamin auflodern lässt, wird es hell und heiß im Raum, jetzt rinnt uns der Schweiß über Stirn, Brust und Rücken.

Ture taumelt zur Bank, mir kleben die Haarsträhnen an den Wangen.

Nun springt Arne selbst in die Mitte des Raumes, ich lege ihm die Hände auf die Schultern, so dass er gleichzeitig spielen und tanzen kann. So knochig, so ganz anders als Ture!

Marthas Gesicht, das Gesicht des Kapitäns, die Augen Arnes, alles dreht sich im Kreis vorbei. Die Tür geht auf, ein heftiger Schwall frischer Luft strömt in den Raum.

Der junge Treidler legt wieder einige Holzscheite auf. Ture auf der Bank dreht sich, sein Gesicht wird vom Feuer hell beleuchtet. Oh Mann, die Augenbrauen sind finster zusammengezogen, fröhlich schaut er nicht!

Die Tür klappt wieder zu, der stampfende Tanz geht weiter. Jetzt legt Arne die Flöte zur Seite, kurz ist nur das Stampfen der Füße zu hören. Hum, Dada, Hum, Dada, dann setzen die Schläge der Treidler wieder ein, das helle Klacken des Holzes mischt sich mit den Tritten.

Arne packt mich an der Hüfte, spitzt die Lippen und pfeift die Melodie. Phü, phü, phüü, phü, phühühü hüü. Das Klackern unterlegt die Töne, tack, tatack, tatatta, tatack.

Der Tanz geht in die nächste Runde, als läge die Flöte nicht auf dem Bord. Die Flammen sacken erneut zusammen, so dass ich Tures finstere Miene nicht mehr sehe. Dafür setzt die Melodie aus, nur noch das Stampfen erfüllt den Raum. Martha lacht, als der Kapitän sie umarmt. Jetzt ist Arnes Mund nah an meinem Ohr, der weiche Flaum seines Bartes kitzelt meinen Hals.

„Lass uns rausgehen, ich zeige dir die Sterne!"

Das Rausgehen der Männer kenne ich: Sterne bekommt die Deern dann wohl zu sehen, nämlich genau dann, wenn sie auf dem Rücken liegt. Trotzdem, mir ist vor dem Verlassen der Hütte weniger wegen mir bange. Ich habe ja immer noch mein Moospolster zwischen den Beinen. Arne öffnet die Tür, kaum sind wir draußen, klappt die Tür wieder auf, im Schein des Feuers ist Tures massive Gestalt deutlich zu erkennen.

Ich habe es gewusst, er wird nicht untätig zusehen, wie ich mit Arne die Sterne ansehe. Der junge Treidler springt jetzt um das Signalfeuer, er wirft lange Stangen in die Glut. Arne reicht mir die Hand, dann zieht er mich hinter das Feuer in Richtung der See.

Ich stolpere hinter ihm her, versuche zu erkennen, was Ture nun wohl tut. Das Feuer versperrt mir die Sicht, der Treidlerjunge wendet sich uns zu und grinst. Ich ziehe Arne die Hand weg.

„Brauchst nicht so zu grienen, der Bootsmann hat ehrliche Absichten: Er wird mir die Sterne zeigen."

Ich lege den Kopf in den Nacken und lache. Zwischen den Wolken, die am immer noch nicht ganz dunklen Himmel ziehen, sind tatsächlich einige Sterne zu sehen.

Auf den schönen hellen Stern, ganz im Südwesten zeige ich, als Arne hinter mich tritt, seine Arme um meinen Leib schlingt, seinen Mund auf meine Schulter presst.

„Lyr, schöne Lyra, wie habe ich auf dich gewartet."

Sein Flüstern, sein heißer Atem streicht über meinen Hals. Ich streiche über sein Haar, von Ture ist glücklicherweise nichts zu sehen.

„Bootsmann, halte Abstand, wenn das mein Ture sieht, ich glaube, der …"

Es ist zu spät. Stumm kommt der wütende Ture in den Lichtschein getobt, reißt Arne mit sich, klatschende Schläge treffen das Gesicht des Jüngeren. Der Bootsmann mag ein weiches Gesicht haben, das erste Mal jedenfalls prügelt er sich nicht.

Das wird mir klar, als ich Tures zuckenden Kopf sehe, der die von unten kommenden Schläge Arnes nicht recht parieren kann.

Diese Verblüffung nutzt der Bootsmann aus, windet sich unter Ture hervor, der schnaubend die sich unter ihm windenden Beine mit Schlägen traktiert.

„Da hast du, und da…!", bis ihn ein Tritt vor den Brustkorb so nach hinten wirft, dass er sich auf dem

Hintern wiederfindet. Arne steht vor dem Feuer, verschränkt die Arme und spottet.

„Na, Ture, das ist was anderes als Armdrücken. Da ist Rhythmus im Spiel. Weißt du überhaupt, was das ist, du dämlicher Bauerntrampel?"

Arne tänzelt vor dem Feuer, während Ture den Boden ab-tastet. Als er einen Knüppel aufhebt und lauernd auf Arne zugeht, springe ich ihn an und brülle.

„Ture, hör auf!"

Er schüttelt mich nur ab, wie einen lästigen Hund, aus seiner Kehle kommt ein drohendes Knurren. Er duckt sich tiefer, gebeugt geht er auf Arne zu, der, das Feuer im Rücken, seelenruhig dem Angriff entgegensieht.

Arne tänzelt nicht mehr, er beobachtet jede Bewegung Tures.

Dann geht alles ganz schnell, Ture holt aus, stürmt nach vorn, Arne taucht unter seinem Arm durch, wirft sich zu Boden. Der Schlag Tures trifft das Feuer, während Arnes Beinangel dem immer noch in der Vorwärtsbewegung gefangenen Gegner das

Gleichgewicht raubt. Die Funken sprühen auf, als Ture wie ein gefällter Baum in das Feuer kracht.

Jedenfalls ist danach Schluss mit der Schlägerei. Die Treidler, die Bootsbesatzung und Martha legen sich im Schuppen zur Ruhe, während Ture und ich uns zu unserem Kanu begeben.

Als ich ihm das rußige Gesicht abwische, kann ich fest-stellen, dass auch Ture ungeheuer schnell sein kann, besonders dann, wenn es gilt, ein Feuer zu verlassen!

Der Mann hat kaum Verbrennungen, mal von denen an den Händen abgesehen, mit denen muss er direkt in der Glut herumgewühlt haben. So schlimm kann es aber wiederum auch nicht sein, denn als ich ihm sage, dass er wie seine Räucheraale stinkt, umarmt er mich, drückt mich mit seinen schwarzen Pfoten und schluchzt. Ich weiß nicht, Arne mag hübsch sein, dafür ist Ture stark. Arne mag schnell sein, dafür ist Ture stur. Arne träumt von Tönen und Liedern, Ture von Fischen und Reusen.

Was ist nun besser? Ich weiß es nicht, aber hier und jetzt umarmt mich ein Fischer, er hat für mich gekämpft, nun schon das zweite Mal. Er zieht seinen stinkenden Umhang aus und deckt uns damit zu. Es gibt schlechtere Männer.

Treidler

Während die Menschen am Leuchtfeuer an der Mündung des Flusses Hilda langsam, aber sicher zur Ruhe kommen, geistern dem jungen Treidler Bilder durch den Kopf. Wieder und wieder sieht er, wie Ture nach der Preisansage Marthas den Schuppen verlässt und wenig später die ersten Pfennige den Besitzer wechseln.
Ihm wird klar, dass Ture das Geld irgendwo draußen geholt hat. Ihm ist das Wispern, der betretene Blick Tures nicht entgangen.
Leise schiebt er also die Decke zur Seite und klettert über die schlafenden Gestalten, sorgsam darauf bedacht, keinen seiner Mitschläfer zu treten.
Das ist keine einfache Sache, denn Martha und der Kapitän liegen eng umschlungen quer vor der Tür,

während die anderen Treidler in Längsrichtung den Boden belegen.

Wie ein Storch stakt der Junge von Lücke zu Lücke. Er hat es fast geschafft, als ihn die feste Hand des Kapitäns über dem Knöchel packt. Der Treidler hört die tonlose Stimme des Mannes.

„Wohin des Wegs, so früh am Morgen?"

Der Junge flüstert zurück

„Muss pinkeln, lass los!"

Leise knarrt die Tür, als er sie endlich aufstößt und im ersten Licht des neuen Tages zum Kanu der beiden Reisenden schleicht. In der blauen Stunde ziehen Nebelschwaden über den Fluss. Der Junge lässt seinen Pinkelstrahl demonstrativ in den Fluss platschen. Das Abschütteln fällt knapp aus, er braucht jede Sekunde.

Flink huscht die schmale Gestalt um das Boot herum. Der Junge tritt prüfend gegen Erdhügel, schiebt Steine und Holzstücke zur Seite.

Kein Geldbeutel zu finden.

Bleibt das Geld des Schläfers. Auf allen Vieren nähert er sich dem schlafenden Paar. Das Mädchen dreht sich ihm zu, einen Moment lang glaubt er sich entdeckt! Sein Herz rast, doch es folgt kein Aufschrei. Also tastet er mit leichter Hand über die Schlafenden. Der Mann knirscht mit den Zähnen, dann wälzt auch er sich herum.

Nach kurzer Zeit klappt die Kinnlade des Mannes herunter, aus dem Bart dringt ein leises Rasseln, das nach wenigen Sekunden in ein gehöriges Schnarchen übergeht. Jetzt geht der Junge zielstrebig zur Sache, wühlt in den losen Kleidungsstücken, bis er den harten Klumpen der Geldstücke am Bauch des Mannes ertastet.

Verdammt, die hängen fest!

Fahrig nesteln und ziehen die Finger, zupfen am Knoten, bis sich das Bündel löst und die Geldstücke zwischen die Schlafenden rollen. Freudig greift der Junge zu, rafft zwei, drei der Metallstücke, bis sich Ture wieder dreht.

Ein Schluchzen will der Kehle des Treidlers entweichen, verzweifelt schlägt er die freie Hand vor den Mund.

Dahin die Chance, den Lohn vieler Treidelzüge so leicht zu gewinnen!

Leise kriecht der Junge rückwärts, als ihm auffällt, dass ihn die aufgerissenen Augen des Mädchens anstarren. Er hält die Hand mit den wenigen Geldstücken so, dass sie das Silber im blauen Licht leise schimmern sieht.

Lyr reibt sich die Nase, nickt, gähnt, dann schließt sie die Augen wieder. Der Junge macht, dass er zurückkommt.

„Du pinkelst aber lange!"

Wieder füllt die tonlose Stimme den dunklen Raum. Geistesgegenwärtig fällt ihm die passende Antwort ein. „Kann nicht anders, erst pissen, dann kacken!"

Er tappt wieder in die Ecke, die Hand umschließt die Silberstücke fest. Als er in der Morgendämmerung an der restlichen Glut des Leuchtfeuers die Geldstücke betrachtet, sieht er den Kopf des Königs der Ranen im Profil. Er hält einen Pfennig des Ranenschatzes in der Hand! Der Junge zuckt mit den Schultern. Geld ist Geld, dann vergräbt er seinen Teil des Schatzes dicht am Signalfeuer. Er rollt einen

Stein auf das Versteck, setzt sich darauf, stochert mit einer Stange in der Glut und wartet auf das Frühstück.

Beute

In der Pommernburg, an der Mündung des Peenestromes, dreht Herzog Bogislaw versonnen einen silbernen Pfennig in das Licht der Sonne. Die Züge Tezlaws, des Königs der Ranen, gleißen im Licht, die markante Nase blitzt kurz auf. Der Berater des Herzogs kommt mit eiligen Schritten über den Burghof. Bogislaw schnippt das Geldstück in die Höhe, in schönem Bogen landet es bei seinesgleichen in der Kiste. Abschätzig zeigt der Herzog auf die kleine Truhe. „Dafür haben wir unsere schönen Schiffe riskiert? Eine Kiste Silber, damit uns Waldemar die Ranenfürsten wieder in den Pelz setzt?"

Der Kopf des Herzogs färbt sich rot, der Berater bückt sich tief in Erwartung des Wutanfalles. Doch der Fürst beherrscht sich.

Leise zischt er: „Ich sage dir, das letzte Wort ist nicht gesprochen! Diesen Füchsen im Schafspelz werden wir das Licht noch ausblasen, egal ob sie den Svantevit anbeten oder der neuen Botschaft unseres Herrn Jesu lauschen!" Dann lacht der stattliche Mann, der Bauch wippt.

„Bin gespannt, wie Heinrich dem Löwen dieser Fraß bekommt! Zwanzig Schiffe, gute zweihundert Ritter, und dafür dann dieses Knöchelchen? Da wird der Löwe aber knurren!"

Bogislaw schüttelt den Kopf. Das von diesem Dürrländer, Waldemar, diesem Abodritengnom! Alles Seeräuber und Mörder! Schade, dass ihm vor zehn Jahren nicht der Kopf abgeschlagen wurde, als Sven sich die Alleinherrschaft in Dänemark sichern wollte! Ja, so machen Männer Geschichte! Wäre Waldemar nicht verletzt entkommen und hätte dem Sven später nicht das Licht ausgeblasen…

Bogislaw schüttelt sich, das Lachen ist ihm wieder vergangen. Da sitzen diese Flöhe im Pelz des Löwen, saugen und saugen. Mein Geld! Bogislaw überlegt. Wenn die Dänen uns als Lohn für die Unterwerfung der Ranen eine Kiste Silber gönnen, ist das wie ein Schlag ins Gesicht! Unsere Schiffe sind noch besetzt, warum sollten wir uns nicht holen, was uns zusteht? Versonnen kratzt sich Bogislaw den Nacken. Ja, das könnte wohl gehen! Kann nichts schaden, dem Seeräuberkönig Waldemar mit Seeräubern zu begegnen!

Prägung

Jaromar

Das verstehen die neuen Prediger: Sie rufen Staunen und Bewunderung hervor. Die Gaffer reißen das Maul auf, als die Prozession beginnt. Ja, sie gilt euch, ihr Narren, ihr werdet demnächst den Kopf beugen, wie ich! Aus dem Hafen am Fjord nahe der Kirche beginnt der feierliche Marsch. Hinter fünf bewaffneten Berittenen, die den Weg zwischen Schiff und Kirche wie ein Schneepflug freischieben, folgt in einigem Abstand ein Priester, der gemächlich ein Räucherfässchen schwingt. Die Robe des Mannes glänzt an den Säumen, das Gewand leuchtet ebenfalls hell auf, als die Sonne hinter einer Wolkenbank hervorbricht. Ihm folgt eine mannshohe Christusfigur. Jesus schwebt am Kreuz über der Menge der Ranen, die auf die Ankündigung der Glockenweihe hin die jämmerlichen Reste unserer Burg verlassen haben. Jesus wird von zwölf kräftigen Mönchen getragen. Doch die Last, die die Mönche schleppen, ist nichts gegen die Glocke, die die vier Ochsen auf dem nächsten Wagen in Richtung der Kirche ziehen. Asser dürfte laut lachen, wenn er den Aufwand sähe, mit dem die neuen Prediger ihr Gotteshaus vorbereiten. Der Gesang der Mönche, die dem Fuhrwerk folgen, steigt feierlich auf und ab. Das ist tatsächlich etwas anderes als das Stampfen und Schluchzen Assers! Hinter den singenden Mönchen glänzen die Schilde Absalons und Waldemars, der beiden neuen Herren unserer Insel. Absalon zeigt kurz in meine Richtung, spricht kurz mit seinem Ziehbruder, dem König. Waldemar sieht mich aufmerksam an. Ich verbeuge mich, dann richte ich mich wieder gerade auf. Waldemar ist ein großer Mann, sein Pferd, gedeckt mit einer blutroten Schabracke, ist ebenfalls gewaltig und knochig. Mein Freund Wedego kniet neben mir am Boden, ich stoße ihn an und flüstere, während ich mich wieder leicht verbeuge: „Ein König, groß wie sein Pferd, ein Pferd, groß wie sein König!"

Von der Seite erkenne ich Wedegos Lächeln. Dann schweige ich verblüfft. Waldemar führt eine junge Frau im Gefolge mit sich. Sie hat den Kopf gesenkt, doch als Absalon auf mich zeigt, sehe ich, wie sie einen kurzen Moment die Augen aufschlägt und versucht zu erkennen, über wen sich die beiden Reiter unterhalten. Auch ihr Kleid leuchtet jetzt in der Sonne rot auf, ihr blasses Gesicht ist eine deutliche Wiederholung der Züge des Königs. Waldemar hat mir meine künftige Frau mitgebracht! Wohlan, König, dein Pferd ist groß und knochig, doch deine Tochter mag groß sein, knochig ist sie nicht! Dafür ist sie jung! Wir werden dein Reich und das Reich der Ranen vereinen, von mir aus schon morgen.

Der Zug teilt sich vor der neu errichteten Kirche, das Fuhrwerk fährt unter das Glockengestell. Zwei Knechte springen auf den Wagen, die Mönche hebeln die Glocke in die Höhe. Nach einigen hellen Hammerschlägen schwingt die Glocke frei. Vorsichtig wird der Wagen unter der Bronze hervor gezogen. Der Rest des Zuges bildet einen großen

Halbkreis, in seinem Mittelpunkt die Glocke. Der Priester schreitet den kleinen Hügel zur Glocke hinauf, König und Bischof direkt hinter sich. Der König dreht sich um, winkt mir, ihm zu folgen. Die Menge teilt sich, Wedego schiebt mich vorwärts. Langsam, Schritt für Schritt sehe ich die Gesichter meiner Untertanen an mir verbeiziehen. Manche blicken ängstlich, die meisten sind jedoch von der feierlichen Stimmung berührt. Als sich der Kreis öffnet, stehe ich neben meiner künftigen Gemahlin, jetzt schaut sie mich direkt an. Ja, sie ist groß, sie ist blond, ihre Augen sind blau. Mein Herz macht einen Sprung. Es hätte schlimmer kommen können. Die Weihe der Glocke ist inzwischen fortgeschritten, der Prediger psalmodiert, ich verstehe kein Wort. Doch als der Bischof den Wedel in das Weihwasser taucht und die Glocke besprengt, wird mir klar: das ist eine Taufe! Eine Taufe der Dinge! Diese Christen!

Der Prediger packt ein Seil, hängt sich nach hinten, wieder und wieder, bis ein Balken, in eine schwingende Bewegung versetzt, die Bronze trifft.

„Bonggggg"

Der erste Ton der neuen Religion schallt über das Land, der Klöppel trifft die Bronze wieder und wieder.

„Bong ….. Bong,….Bong,…Bong!"

Stolz verkünden die Töne den Beginn der neuen Herrschaft.

Der König dreht sich um. Als er sieht, dass ich neben seiner Tochter stehe, nickt er mir zu.

Mir soll es recht sein, ich bin ein Teil davon!

Nach der Glockenweihe lädt mich Waldemar auf sein Schiff. Er redet nicht lange um den heißen Brei herum: Noch während ich in der Kajüte des Kapitäns vor ihm das Knie gebeugt halte, bietet er mir die Hand Hildegards, der Tochter seines ehemaligen Mitkönigs Knut, an. Nicht etwa Waldemars eigen Fleisch und Blut, so kann man sich irren! Ich könnte mich …! Noch während ich den Kopf gesenkt halte, schießen mir die Gedanken durch den Kopf. Nicht des Königs Tochter also!

„Erlaubt mir zu fragen, wie hoch wird die Mitgift sein?"

Waldemar lächelt. So sind sie, diese Füchse, nicht Dank erntet er für das großzügige Angebot des Ehebündnisses, nein, Forderungen sind die Folge!
„Knut war mir wie ein Bruder. Hildegard ist meinen Kindern gleichgestellt. Weißt du, wie ich König von Dänemark wurde?"
Ich hebe den Kopf und schaue ihm in die Augen, die blau aus seinem hageren Gesicht leuchten. Ja, das ist ein erfahrener Herrscher, mit dem kann ich nicht Katz und Maus spielen! Er winkt mir zu.
„Erhebe dich!"
Die niedrige Kajüte gestattet mir eben noch gerade zu stehen, den Kopf muss ich leicht nach vorn neigen. Auch eine Art Demutshaltung!
„Ich weiß, Herr, die Geschichte der Bluttat von Roskilde ist bis über das Meer gedrungen. Dein Maikönig wurde auf einem Bankett zu Ehren der Könige Dänemarks auf Geheiß Svens erschlagen. Du selbst entkamst verletzt."
Waldemar nickt.
„Dieser Griff nach der Macht war der letzte, den sich Sven leisten konnte. Nur etwas mehr als einen

Mond später habe ich ihn erschlagen wie einen Hund."

Waldemar starrt versonnen in die dämmrige Kajüte.

„Viele gute Männer mussten den Machtanspruch eines Einzelnen mit dem Leben bezahlen."

Hinter mir steht Wedego, an den sich der König nun direkt wendet.

„Was ist, Vasall, würdest du deinem Herrn in den Tod folgen, wenn er sich gegen seinen Lehnsherrn stellt?"

Wedego hüstelt.

„König, dieser Fall ist undenkbar! Jaromar bricht seinen Lehnseid nicht!"

„Unter keinen Umständen?"

„Wie gesagt, Jaromar ist treu!"

„Was will er dann mit mir über die Mitgift diskutieren?"

Wedego lächelt spitzbübisch.

„Wie ich meinen Herrn verstanden habe, wollte er die Höhe der Mitgift nur in Erfahrung bringen, nicht aber über sie verhandeln. Bedenkt bitte, die

Jaromarsburg ist zerstört, Kirchen müssen gebaut, Klöster errichtet werden! Das kostet!"

Ich sehe meinen Freund von der Seite an. Noch so ein Fuchs! Der Wedego weiß Chancen zu erkennen. Wollen mal sehen, ob sich der König auf solch eine indirekte Forderung einlässt. Schwer dürfte es ihm ja nicht fallen; er muss uns nur einen Teil meines Schatzes wiedergeben!

Waldemar reibt sich den Mund, die Bartstoppeln schaben.

„Die Mitgift Hildegards wird nicht üppig sein. Ich gebe ihr drei Pferde, zwei Kisten Silber sowie die übliche Brautausstattung an Gewändern und dergleichen. Gleichzeitig sichere ich dir die Erweiterung deines Lehens auf der Festlandseite zu, wenn du am Ufer des Flusses Hilda ein Kloster errichtest."

Das ist ein starkes Stück, wie soll ich mit zwei Kisten Silber ein Kloster erbauen? Ich setze gerade zum Widerspruch an, als der König abwinkt.

„Spar dir den Atem, Jaromar, ich weiß, dazu benötigst du wesentlich mehr als zwei Kisten Silber.

Ich sichere dir die Einnahmen aus dem Wegezoll zur Saline am Fluss zu, darüber hinaus werden aus den königlichen Wäldern die benötigten Bauhölzer zur Verfügung gestellt."

Die Einnahmen aus einem Wegezoll für Salz? Bauholz?

Das sind erhebliche Hilfen! Außerdem, die Mönche können ihre Angelegenheiten durchaus selbst regeln. Bauen wir nur eine kleine Abtei, kann sich der Rest selbst entwickeln!

Ich neige den Kopf. „Ich bin einverstanden."

Saline

An der Flussmündung der Hilda ist es still. An den Steinen neben den Resten des Signalfeuers plätschern leise kleine Wellen. Es ist fast windstill; die Treidler werden sich nicht plagen müssen, wenn sie den Kauffahrer zur Saline schleppen. Lyr lauscht eine Weile den leisen Geräuschen, bevor sie vorsichtig Tures Arm anhebt. Sie lächelt, als sie die schwarze Hand ihres Freundes ablegt und die Decke darüber zieht. Aus Marthas Katen dringen nun ebenfalls die Geräusche der Erwachenden. Die Tür schlägt auf, der verwuselte Kopf des Kapitäns erscheint. Nach wenigen Schritten neben die Hütte kramt er in seinen Kleidern, spreizt die Beine, legt den Kopf in den Nacken. Zwischen den Beinen glitzert der Urinstrahl im Sonnenlicht, Dampf steigt auf. Der Kapitän pinkelt und pinkelt. Lyr schüttelte den Kopf, bevor sie sich nahe dem Geldversteck einen sicheren Tritt im Wasser heraussucht. Sie knotet ihren Umhang auf, nimmt das Moos zwischen den Beinen ab. Ein prüfender Blick – kein Blut mehr. Ihre Monatsblutung ist vorüber. Mit einem Blick über die Schulter versichert sie sich, dass ihr Tun von Ture unbemerkt bleibt. Das Moosbüschel fliegt in hohem Bogen in den Fluss. Lyr zieht den Umhang über den Kopf, faltet ihn zusammen und legt ihn sorgsam auf einen trockenen Stein. Sie hockt sich nieder, schöpft Wasser mit beiden Händen und schwappt sich das kalte Wasser ins Gesicht. Das erfrischt!

Der Kapitän kommt hinter der Hütte hervor, stemmt die Arme in die Seite und schirmt die Augen mit der Hand, damit er besser sehen kann. Lyr zeigt auf den schlafenden Ture, winkt, damit der Kerl verschwindet. Schnell geht sie drei Schritte in tieferes Wasser, hockt sich wieder. Obwohl das Bad nur bis zum Bauch geht, zieht ihr ein Frösteln den Rücken hinauf. Sie rubbelt sich zwischen den Beinen, die Kälte zieht ihre Muschi zusammen. Sie kriegt kaum einen Finger in die feste verschlossene Spalte. Als sie es schafft, zieht sich ihr Kitzler vor Überraschung zusammen. Als ob die Berührung eine Tür öffnet, lässt der schließende Krampf plötzlich nach, die Muskeln werden weich. Wieder dreht Lyr den Kopf zum Ufer. Der Kapitän ist verschwunden, von Ture zeigen nur einige Haarbüschel an, wo er liegt. Mit offenem Mund wäscht und wäscht Lyr weiter zwischen ihren Beinen, bis sich die inneren Türen wieder schließen. Nein, das sind keine Türen mehr, das sind richtige Tore, sogar das Arschloch zieht sich zusammen, in einem Krampf, der saugt und schließt – es ist verrückt!

Sie seufzt. Die Kälte des Wassers ist ihr nun ziemlich egal, also taucht sie ihre Haare ein, nimmt etwas Sand auf und rubbelt sich die Kopfhaut.

Diesmal kommt der junge Treidler aus der Hütte, winkt ihr zu. Sie winkt wieder zurück, spült den Sand aus dem Haar, wringt es und schüttelt den Kopf. Sie wird Martha fragen, ob sie ihren Kamm leihen kann.

Der Treidler zeigt auf das andere Ufer. Lyr wirft eilig den Umhang über, dann nickt sie heftig. Ja, sie wird den Jungen übersetzen, egal ob er sie bestohlen hat. Die wenigen Pfennige können sie verschmerzen! Ihr

Geldsack liegt im Versteck und sie weiß, dass die Entnahme der wenigen Geldstücke seinen massiven Gehalt nicht schmälern konnte.

Als Lyr das Kanu zum Wasser zieht, stützt sich Ture auf den Ellenbogen.

Lyr strahlt ihn an.

„Na, mein Bär! Hast du den Honigdieb in die Flucht geschlagen?"

Tures Erinnerung kommt auf einen Ruck, er setzt sich auf, starrt seine Hände an. Vorsichtig tippt er mit dem Zeigefinger der linken auf dem Ballen der rechten Hand umher. Er zieht die Luft zwischen den Zähnen ein. Als er aufschaut, steht Lyr mit gespreizten Beinen vor ihm. Die Leine des Kanus in der Hand. Er muss die Augen zusammenkneifen, wieder verpasst die Sonne der jungen Frau einen Lichtkreis. Als sich Lyr nun noch niederbeugt, muss auch er die Hand schützend gegen die Sonne halten. Dann spürt er ihren weichen Mund auf seinem. Verblüfft öffnet er den Mund, ihre kleine feste Zunge fährt tastend über die Innenseite seiner Oberlippe. Bamm! Sofort schießt ihm das Blut unübersehbar in die Körpermitte. Lyr legt ihre Stirn an seine, dann tippt sie leicht auf den verräterischen Berg. Ture ist ein wenig wie Husten, er krümmt sich noch stärker. Sie wuschelt ihm leicht das Haar, dann flüstert sie in sein Ohr.

„Das wird schon, mein Bär, das wird! Jetzt setze ich den Treidler über. Hilfst du mir mit dem Boot?"

Ture nickt mit trockener Kehle.

„Kleinen Moment noch."

Er lässt sich auf den Rücken sinken, schaut in den Himmel. Kleine weiße Wolken stehen still. Es wird ein schöner Tag werden. Nachdem das Blut wieder dahin zurückgekehrt ist, wo es gerade gebraucht wird, steht Ture auf, packt das Boot am Heck. Lyr schiebt mit blanker Wade ab, er sieht ihren schönen runden Hinterbacken zweimal arbeiten, schon sind sie hinter der Kanuwand verschwunden. Bedauernd richtet er sich auf, drückt den Rücken durch. Er sieht, wie der Treidler vom Schiff des Kapitäns aus zusteigt, die Leine aufnimmt. Da, der Bootsmann hat auf dem Schiff geschlafen. Das Lachen Lyrs dringt bis zu ihm. Die Gesichter der Menschen auf dem

Fluss wenden sich in seine Richtung. Ärgerlich dreht sich Ture zur Seite, zieht sich das Hemd über den Kopf. Mit einem gekonnten Hechtsprung verschwindet er im Wasser. Noch unter Wasser grient er vor sich hin. Das soll ihm mal einer nachmachen! Hat kaum gespritzt beim Eintauchen! Mit kräftigen Schwimmzügen treibt er sich vorwärts, über der Wasseroberfläche sieht er die Sonne wippen. Erst in der Flussmitte taucht er wieder auf, schüttelt das Wasser aus dem Haar. Der Treidler sitzt vor Lyr, die Leine in der Hand. Er dreht sich zu Lyr um.

„Nicht schlecht, dein Mann!"

„Ja," antwortet Lyr, „nicht schlecht!"

Martha reicht ihnen später einige Stücke Brot. Ture sitzt im Kanu, denselben Boden wie Arne, der Bootsmann, will er nicht betreten. Die Treidler ziehen an, das Schiff legt ab. Mit viel Gebrüll werden auf der Nordseite des Flusses die Leinen so kurz wie möglich geführt, damit der junge Treidler auf der Südseite nur den Abstand vom Ufer konstant halten kann. Dann geht es gemächlich den Flusslauf entlang. Anfangs säumen Birken den Treidelpfad, und nach einer längeren sumpfigen Strecke wirft ein Erlenwald seinen Schatten über den Fluss. Der junge Treidler springt und tanzt, die Treidler auf der Nordseite ziehen still in ihren Geschirren.

Nach einer guten Stunde tritt der Wald zurück, und an der Südseite stehen Häuser über Häuser.

Arne tritt hinter Lyr, zeigt.

„Das da ist Grypswold! Grypswold gehört zu Bogislaws Lehen. Grypswold hat Marktrecht und glaube mir, der Ort wächst und wächst. Jedes Mal, wenn wir wieder herkommen, gibt es etwas Neues zu sehen. Soll ich dir den Ort zeigen? Die Saline ist auf der anderen Flussseite. Wenn wir das Salz geladen haben, können wir durch das Dorf gehen. Der Kapitän hat bestimmt nichts dagegen!"

Lyr streckt den Kopf über die Reling und sieht Tures roten Kopf.

„Der Kapitän hat nichts dagegen, das glaube ich. Aber ich weiß jemanden, der ganz gewiss etwas dagegen hat."

Sie zeigt bedeutungsvoll über die Bootskante. Der Bootsmann zieht ein Maul.

„Dein Kraftmeier!"

Lyr lächelt versonnen.

„Du, Arne, dein Kapitän hat recht: der Kraftmeier ist mein Mann!"

Sie sind am Anleger der Saline angekommen. Ture muss die Bootsseite wechseln, sonst stört das Kanu beim Festmachen.

Der Kapitän verschwindet in einem Anbau neben dem Steg. Ture klettert aus dem Kanu, bindet es neben dem Steg an. Lyr drückt Arne verstohlen die Hand, dann klettert sie ebenfalls über die Reling. Am Ufer steht ein seltsames Gebäude: Fachwerk, aber keine Fenster, dafür Reisig in Massen im Innern. Neben dem Haus dreht sich ein Göpel, zwei Ochsen trotten geduldig im Kreis. Der Göpel treibt eine Welle, von ihr bewegt, schöpft eine Eimerkette Eimer auf Eimer aus einem trüben Teich. Die Eimer schweben in die Höhe, kippen im oberen Teil des Gebäudes, kommen leer zurück.

Die Tür des Anbaus geht auf, der Kapitän kommt heraus.

„Das ist die Quelle des Reichtums des Ortes. Hier tritt Sole aus dem Boden! Seht ihr, die Sole rieselt über das Reisig. Zurück bleibt Salz. Die salzigen Reisigbündel werden ausgetauscht, seht ihr die weißen da hinten? Die sind voll. Sie werden abgeklopft, dann kommen sie wieder rein in die Saline." Lyr und Ture staunen. Eine solche Anlage können Menschen bauen! Neben den Ochsen sitzt ein kleiner Junge auf dem Zaun, der ab und zu mit einer wippenden Rute die Rücken der Tiere berührt. Ein fetter Salzvogt sitzt im Anbau. Mehr braucht es nicht, um dieses gewaltige Werk in Gang zu halten!

„Wir werden fünf Dutzend Säcke laden." Der Kapitän reißt sie aus dem Staunen.

„Werdet ihr ebenfalls Salz kaufen?"

Ture nickt eifrig.

„Salz!"

Seine Augen glänzen. Ja, Salz kann er immer gut gebrauchen. Wie gut schmeckt geräucherter Fisch, aber ohne Salz ….

Ob sie einen ganzen Sack im Kanu transportieren können?

Probehalber bückt sich Ture, hebt einen der vernähten Säcke an. Donnerwetter, der wiegt mehr als Lyr!

„Können wir zwei leere Säcke bekommen?"

An Lyr gewendet: „Wir setzen uns jeder auf einen halbvollen Sack, das dürfte gehen!"

Der Kapitän grinst anzüglich.

„Das geht mit Sicherheit, wenn du deinen Sack vorher leer machst."

Ture stutzt. Was soll denn dieser Unsinn. Dann haben sie doch nur halb so viel Salz.

Lyr antwortet dem Kapitän schnippisch:

„Dein Kopf scheint mir noch schwächer als vermutet! Der Sack meines Gemahls ist ständig gefüllt, sicher im Unterschied zu deinem!"

Der Kapitän grinst nicht mehr.

„Ich denke, das ist nicht dein Mann?"

Lyr strahlt ihn an.

„Nicht nur schwach ist dein Kopf, er ist auch noch langsam! Das Leben schreitet fort! Was heute noch wahr ist, kann morgen anders sein!"

Inzwischen hat es auch bei Ture gefunkt. Mürrisch knurrt er:

„Was gehen dich unsere Säcke an. Geh aus dem Weg!"

Der Salzvogt kommt mit zwei Säcken aus der Remise. Ratsch, reißt Ture einen der vernähten Säcke auf, das weiße Gold rieselt jeweils zur Hälfte in die bereitgestellten Säcke. Lyr stuckt die neu befüllten Säcke auf, die kann sie nun ebenfalls anheben.

Ture ruft über die Schulter.

„Und, Vogt, was bekommt ihr für das Salz?"

„Fünf Taler den Sack. Die zwei Säcke dazu – Fünf Taler, einen Pfennig."

Ture schluckt. Da dürfte ihr halber Geldsack leer sein! Ganz so schlimm kommt es zwar nicht, doch nach dem Abzählen der Silberpfennige ist ihr Schatz merklich leichter geworden.

Bedauernd sieht Ture zu, wie der Vogt das Geld einstreicht. So wird Geld verdient!

Er sieht, wie der Kapitän auf sein Schiff verschwindet. Der Mann muss Geld haben! Sechzig Sack! Das sind dreihundert Taler!

Kein Wunder, das der Ort auf der anderen Flussseite immer größer wird. Bei dem vielen Geld!

Sorgsam trägt Ture die Säcke zum Kanu, schiebt die Borkenbretter zusammen, damit die Säcke nicht im Bilgenwasser liegen.

Ture nimmt Lyr an der Hand, führt sie zum Kanu.

„Bevor wir losfahren … setz dich ruhig schon ins Boot!"

Er hält das Kanu, Lyr klettert auf ihren Salzsack.

Ture jedoch klettert flink über den Steg, springt auf den Salzkahn und geht zielgerichtet auf den Kapitän zu.

„Kapitän, ich danke dir für die Fahrt hierher! Ich wünsche dir einen guten Handel."

Der Kapitän ist nicht nachtragend.

„Da ist mir nicht bange! Weißt du, was ich für jeden Sack bekomme, wenn ich das Salz in kleinen Portionen verkaufe?"

Ture schaut ihn nur fragend an. Der Kapitän wirft sich in die Brust.

„Ich bekomme fünfzehn Taler je Sack, an manchen Orten zwanzig!"

Ture kratzt sich den Kopf. Vielleicht ist das Zeug doch zu schade für seinen Fisch? Wenn er jedoch für jeden leicht gesalzenen Fisch einen halben Pfennig nimmt? Er wird das noch ausprobieren, aber die beiden halben Säcke reichen bestimmt für einige hundert Fische! Da sind seine fünf Taler auf hundert Fische wieder rein. Nur darf er eben kein Feuerholz für seine gute Räucherware nehmen oder Wolle, oder was ihm die Leute in Moorbrüggen noch so andrehen wollen.

In Gedanken klettert er hinter Lyr ins Boot, in Gedanken paddelt er am Salzboot vorbei. Der Bootsmann beugt sich über die Reling, Lyr winkt, das Wasser schäumt auf. Mit so viel Kraft paddelt Ture! Bald schon liegt Grypswold hinter ihnen, der

Erlenwald, der Schilfgürtel. An der Mündung des Flusses Hilda ziehen sie – diesmal an der Südseite – das Kanu an Land.

Nach wenigen Schritten durch einen lichten Wald erreichen sie eine Wiese. Ein leichter Wind streicht durch die Bäume, auf der gegenüberliegenden Seite des Flusses leuchtet das Signalfeuer heller und heller. Kein Mensch ist weit und breit zu sehen, nur ein Vogel beginnt ein wunderschönes Lied. Ture legt seinen Arm um Lyrs Schultern, die fragt:

„Unser Geld? Unser Salz?"

Ture zuckt nur die Achseln. Was soll schon passieren, das Kanu liegt weit auf dem Ufer! Langsam schlendern sie über die Lichtung. Die Bäume werfen immer längere Schatten, der Gesang des Vogels verstummt.

Lyr sieht zu Ture auf.

„Und jetzt, was macht der Vogel jetzt?"

Ture schluckt.

„Er fliegt heim zu seiner Frau."

Lyr lächelt.

„Kein Moos mehr, Ture, kein Moos!"

Sie hebt den Umhang etwas an.

Lohn

Stolz liegen die Schiffe der Pommern vor der Burg im Fluss. Sechs Schiffe hatte Bogislaw der vereinten Flotte beigesteuert. Zweiundsiebzig Ritter, über zweihundert Leute Fußvolk. Das kostet! Verdrossen schlägt Bogislaw mit der Faust auf die Mauer des Turmes. Er wendet sich an seinen Berater.
„Siehst du die Flotte?"
„Ja, ein stattlicher Anblick!"
„Das wohl, doch ich höre nur Geld, Geld, Geld…"
So klar liegt die See heute, Bogislaw zeigt auf die Insel Rugia, deren Ausläufer deutlich im Morgenlicht leuchten.
„Was ist, wenn demnächst Jaromar Zoll für Waldemar erhebt? Dann ist es vorbei mit dem Salzhandel in Richtung Westen."
Er packt seinen Berater an den Schultern, schüttelt ihn, seine Augen sind weit aufgerissen. Sein Mund

rückt näher an das Ohr des Mannes, der es nicht wagt, sich loszureißen. Der heiße Atem Bogislaws mischt sich mit einem Keuchen. „Ich … habe… kein… Geld!"
Er knüllt den schwarzen Stoff, zieht mit beiden Händen, bis der dürre Hals des Beraters aus der Kutte ragt. Bogislaws Blick fällt auf zwei Schaluppen, die sich von der Flotte lösen. Sein Griff löst sich, er starrt und starrt. „Da kommen sie…"
Leise und beruhigend schleicht sich die Stimme seines Beraters in sein Bewusstsein.
„.. nicht schlimm. Dänemark ist reich und wir wurden betrogen. Versichere dich der Unterstützung Heinrichs, gib den Mannschaften das Recht auf freie Kaperfahrt. Nicht gegen Waldemar, lass sie gegen die Abodriten ziehen."

Bogislaw reißt den Blick von den Schaluppen, die die halbe Strecke zwischen Reede und Burg hinter sich haben. Etwa zwanzig Männer sind inzwischen deutlich zu erkennen. Versonnen blickt er in die wässrigen blauen Augen des Beraters.

„Räuber! Ich habe auch schon daran gedacht. Ein wehrloses Volk, schnell zuschlagen, verschwinden…, doch warum gegen die Abodriten?"

Der Ratgeber zieht sich den Kragen wieder glatt.

„Ganz egal, ob Abodriten oder Ranen. Es müssen Fremde sein, ihre Sitten müssen von denen der Angreifer abweichen. Fühlen sich die Angreifer im Recht, sind sie unschlagbar!"

Bogislaw streicht sich den Bart. Er brummt:

„Anders, anders … was soll an den Dänen anders sein als bei unseren Pommern?"

Jetzt ist der Berater in sicherem Fahrwasser. Er hebt einen Finger nach dem anderen.

„Da sind erstens die Dinge, die wir nicht anfassen können, wie ihre Sprache, ihre Gebete, ihren Geist. Als zweites das, was wir berühren können: ihre Weiber, die Speisen, ihr Land, ihr Geld. Alles ist anders! Such dir aus, was du deinen Kriegern mit auf den Weg gibst."

Der Fürst zieht die Augenbrauen zusammen.

„Du redest wirr. Die Sprache, die Weiber, das Geld – alles ist gleich!"

Jetzt wird der dünne Mann eifrig.

„Mag sein, im Groben betrachtet. Doch bedenke die kleinen Unterschiede! Wenn die Abodriten miteinander reden, können wir nur wenig verstehen. Welch schreckliches Kauderwelsch! Ihre Weiber sind blond. Sie haben viel Geld! Und bei uns? Dunkle Weiber, wenig Geld!"

Die Schaluppen legen an. Bogislaw sieht, wie die Krieger in der Burg verschwinden.

„Geld, Weiber… . Du hast Recht. Der Neid, das ist es. Gib den Hauptleuten Bescheid, ich werde sie im Burghof entlohnen."

Der Berater zuckt zusammen. Bogislaw lächelt finster.

„Nicht mit Geld! Mit Neid und Hass!"

Noch stehen die meisten Hauptleute im Burghof, einige wenige lehnen bereits am Brunnen, andere haben es sich vor den Ställen bequem gemacht.

Die Köpfe der Ungeduldigen gehen hin und her. Die schwarze Gestalt des Beraters steht ungerührt neben den diskutierenden Männern.

Schließlich fliegt die Tür des Pallas auf, großspurig betritt Bogislaw den Hof, hinter sich zwei, drei, vier bewaffnete Knechte, die sich durch die enge Tür drängen. Die Tür schlägt zu und wird gleich wieder aufgestoßen. Diesmal trägt ein würdiger Kämmerer einen prallen Beutel auf den Hof.

Einer der Kapitäne brüllt:

„Das müssen Edelsteine sein!"

Die Männer lachen, der Herzog hebt die Hand.

„Männer, ihr habt euch tapfer geschlagen und den Ranen gezeigt, wer der rechtmäßige Herr im Lande ist. Damit habt ihr unserer Heimat einen unschätzbaren Dienst erwiesen. Der Svantevit ist verbrannt, seine Prediger sind tot. Doch sind wir jetzt alle eines Glaubens, einer Sprache? Sind die irdischen Güter nun gerecht verteilt? Leben nicht noch verräterische Fremde unter uns, die im Geheimen ihrem alten Glauben frönen?

Ich sage euch, der Geist der Fremden ist nicht nur verräterisch, er ist in gleichem Maße tückisch und auf den eigenen Vorteil bedacht.

Der oberste Kriegsherr der Abodriten, Waldemar, hat uns gezeigt, was wir ihm wert sind! Ihr werdet im Anschluss den Lohn für eure tapferen Dienste empfangen: Jedem von euch wird ein Bildnis des Ranenherrschers übergeben: Jeder wird einen Pfennig mit dem Bildnis König Tezlaws erhalten."

Die Männer rücken immer dichter zusammen, keiner lümmelt mehr am Brunnen, keiner sitzt mehr lässig vor dem Stall. Sie starren den Beutel an. Das soll alles sein, was sie für mehrere Wochen an Bord der Kriegsschiffe, für die vielen Tage der Belagerung und des Schleifens der Burg bekommen? Eine Stimme wird laut.

„Du scherzt!"

Bogislaw reißt den Arm hoch, ballt die Faust.

„Ich scherze nicht! Verflucht seien die Abodriten, die uns diese Schmach angetan haben. Verflucht seien die Ranen, die Fremden auf unserer schönen Insel, direkt vor unserer Nase!"

Die Männer knurren.

„Euer heiliger Kampf ist nicht zu Ende! Nachdem ihr den Ranen den rechten Glauben brachtet, bitte ich euch nun, den Abodriten das Wort Gottes wieder nahe zu bringen. Ihr Götzendienst stinkt zum Himmel, die Reichtümer, die sie auf unsere Kosten anhäufen, müssen wieder gerecht auf Erden verteilt werden."

Ein Verstehen zeichnet sich auf den Gesichtern der Krieger ab. Die finster zusammengezogenen Brauen glätten sich. Erste verklärte Gesichter strahlen.

„Wir können nicht zulassen, dass die Abodriten ihre blonden Weiber weiter in Unkenntnis des wahren Glaubens dahinvegetieren lassen! Wir werden ihnen in einem gewaltigen dritten Kreuzzug das Licht bringen! Und ihr, wackere Gefolgsleute, ihr werdet als der Arm Gottes zweifach belohnt werden. Der Himmel wird euch offen-stehen und unsagbare Reichtümer werden vor euch liegen. Nehmt sie euch und bringt sie mir, diesmal sei das Verhältnis einhundert zu eins! Hundert Teile der Beute für euch, nur eines für mich! Ich gebe Dänemark zur Kaperfahrt frei!"

Jetzt leuchten alle Gesichter, ein verhaltenes Ächzen schwebt über den Köpfen. Als Bogislaw den Beutel öffnet, tritt Mann für Mann an den Zahltisch. Der Fürst drückt einem nach dem anderen einen Pfennig in die Hand.

„Mit Gott, Bruder, mit Gott!"

Ankunft in Moorbrüggen

Besonders schnell kommen Lyr und Ture nicht vorwärts. Jeder schöne Sandstrand, jede einsame Stelle muss genutzt werden. So haben die Möwen Gelegenheit zu sehen, wie einer Menschenfrau das Schwimmen beigebracht wird. Ture ist ein geduldiger Lehrer, gern trägt er den glatten Körper seiner Lyr durch das flache Wasser. Die Schwimmübungen gehen regelmäßig in stumme Umarmungen über, dann sind nur noch zwei Köpfe über der Wasseroberfläche zu sehen. Kein Essen, kein Futter? Die Möwen verlieren das Interesse, das bisschen Sperma im Wasser lohnt sich nicht. Anders sieht es aus, wenn Ture seine Angel wieder und wieder durch die niedrigen Wellen zieht. Manch dicker Hecht bereut seine Fressgier, doch wenn der eiserne Haken im Maul sitzt, ist es zu spät. Sofort kommen die Möwen, beobachten genau, was der nackte Mann mit dem Fisch anstellt. Sie werden belohnt, die Innereien fliegen in hohem Bogen zurück ins Wasser. Auf kleiner Flamme braten die leicht gesalzenen Hechtstücke. Als Ture am Abend Flundern fängt, brät und räuchert er sie in einem Gang. Saftig tropfen die fertigen Fische, ein kräftiger Duft zieht über den Strand. Ein Wunder, dass sie allein bleiben! Doch wer soll sie schon besuchen. Die nächsten Dörfer liegen fern, erst wenn sie den Peenestrom erreichen, werden die Ortschaften um die Burg des Pommernherzoges sichtbar.

Das Flachwasser des Mündungshakens des Stromes ist klar, Blasentang schwenkt die Blätter wie Arme, die Fischbrut ist bereits geschlüpft und tausende winziger Heringe, Barsche und Hornhechte fliehen vor ihrem Kanu, suchen Schutz im Seegras. Am nahen Ufer gründeln Enten und Blesshühner, Haubentaucher verschwinden mit einem kurzen

Nicken aus ihrem Fahrwasser. Wenn sie in den Schutzbereich eines Reihers eindringen, bewundern sie den anfangs plumpen Start, der bald in ein gravitätisches Gleiten übergeht. Dann halten beide die Paddel still, das Wasser tropft von den hölzernen Blättern, ihr Kanu gleitet still durch das glitzernde Wasser. Bald tritt das Land zurück, vor ihnen liegt der Strom, der die Insel Usedom vom Festland trennt, an dessen Ufer die Residenz des Pommernherzogs Bogislaw liegt. Ihre Fahrt in Richtung Osten, zur Mündung der Peene ist frei. Weiter zur Insel hin ziehen sechs große Kriegsschiffe des Pommernherzogs in Richtung Westen. Der sanfte Nordostwind bläht ihre Segel. Gut für die Kreuzfahrer, schlecht für die beiden Reisenden. Sie müssen dicht unter Land fahren, um den anstrengenden Gegenwind zu vermeiden.

In Höhe der Burg wechseln sie die Stromseite, damit ein möglichst großer Abstand zwischen ihnen und den Zinnen des Turmes liegt. Sie haben keine Lust, auf Geheiß der Burgbesatzung hin anlegen zu müssen.

Bogislaw ist weder für besondere Güte, noch für besondere Großherzigkeit bekannt. Mildtätigkeit gehört ebenfalls nicht zu seinen an vielen Feuern beschworenen Tugenden.

Besser, sie machen einen großen Bogen, auch wenn das Wasser im Strom etwas kabbelig an die Bordwände ihres kleinen Gefährtes schlägt. Besser einmal mehr Wasser zu schöpfen, als mit den Bewaffneten der Burg über die Herkunft ihres Silbers diskutieren zu müssen!
Noch eine Nacht müssen sie rasten; schon am nächsten Morgen erreichen sie die Einfahrt in die Peene. Von da an geht es westwärts und der Wind gibt ihnen Unterstützung gegen den trägen Fluss. Die Ufer sind weit entfernt, nur tiefe Schilffelder säumen das Fahrwasser. Das ändert sich erst, als sie die hellen Schläge des Schmiedes aus Moorbrüggen hören. Weit greifen ihre Arme aus, immer schneller wird ihre Fahrt. Die letzte Biegung ist erreicht, der Blick öffnet sich auf die Brücke, die stolz die Peene überspannt. Sie haben die Heimat erreicht, sie sehen

den Anleger vor der Brücke, von dem im warmen Licht des Mittags Kinder ins Wasser springen. Sie sehen den alten Fischer, der am Ufer sitzt und seine Netze flickt. Die Lagerhäuser sind verschlossen, nur ein Tor steht offen. Ein junger Mann tritt aus dem Tor und zeigt auf das Kanu. Der Fischer steht auf und schirmt die Augen mit der Hand. Ture reißt das Paddel in die Höhe, winkt grüßend.

Die Kinder klettern auf die Brücke, um besser erkennen zu können, wer da wohl ankommt. Ja, es sind Lyr und Ture!

Rufe schallen über das Wasser, im Dorf am Hang setzt Bewegung ein. Frauen eilen den Weg hinunter zum Fluss, einige Männer folgen würdevoll gemächlich.

Die Bordwand des Kanus stößt an den Anleger, die Hand des alten Fischers streckt sich Ture entgegen. Vorsichtig klettert Ture ans Ufer. Der alte Fischer umarmt den großen jungen Mann. Ture hebt den Alten an.

„Vater, du bist ja so klein geworden!"

Der Alte schlägt seinem Sohn auf den Rücken.

„Ture, lass mich runter! Was sollen die Leute denken, wenn du mich umher schwenkst wie eine Stoffpuppe!"

Ture setzt seinen Vater wieder ab. Lyr sitzt immer noch im Kanu und sieht zu, wie der Willkommenssturm über Ture hinwegfegt. Als der Vater auf sie zeigt, fragt er den Sohn:

„Hast du dir eine Frau gesucht?"

Ture grinst über beide Backen.

„Ja, Vater, und du kennst sie. Das ist doch Lyr!"

Der Alte bückt sich, hält die Kanuspitze fest und streckt ihr eine Hand entgegen.

„Lyr, Mädchen, komm an Land!"

Auch Lyr überragt Tures Vater. Er sieht ihr ins Gesicht, legt die Hände auf ihre Schultern, wackelt mit dem Kopf.

„Lyr... wer hätte das gedacht! Aus dem Täubchen ist ein Schwan geworden!"

Er mustert die Frau seines Sohnes von oben bis unten, die Hände gleiten abwärts, streichen über Arme und Hüften.

„Und was für einer...!"

Inzwischen sind die Leute aus dem Dorf angekommen. Wie durch eine Gasse gehen die beiden Ankömmlinge, umarmen Verwandte, klopfen Schultern. Die Gesichter strahlen. Lyr und Ture sind wieder daheim.
Im Wald über dem Dorf nistet ein Seeadlerpaar. Eines der Alttiere schwebt weit in der Höhe, seine scharfen Augen nehmen jede Bewegung im Wasser wahr. Es sieht den Auflauf der Menschen, die Brücke über dem Fluss, das Dorf und den sonnigen Hang, über dem die Jungen im Horst auf den nächsten Fisch warten.

Willkommen?

So viele Gesichter, nicht jedes lächelt freundlich!
„Hast die Zeit ja gut genutzt!"
Was meint die üppige, Lyr völlig fremde Frau, die ihren kleinen Sohn seitlich auf der Hüfte trägt? Das Gesicht kommt ihr vage bekannt vor. Ist das etwa

Inger, die Spielgefährtin Tures, halb Schwester, halb Vertraute? Lyrs Erinnerungen an die Menschen in Moorbrüggen sind verblasst, zu viele Jahre sind nach dem Tod der Eltern und ihrer Übersiedlung nach Rugia vergangen.

Tures Erinnerungen sind lebendiger, besonders Inger scheint ihm noch am Herzen zu liegen. Jedenfalls drängte sich in seinen Geschichten stets eine Figur in den Vordergrund: Inger sprang vom Anleger, obwohl das Wasser nur wenige Handbreit tief war, Inger lief den Hang hinunter, bis die Beine nachgaben, Inger öffnete das Gatter, so dass die Schafe im ganzen Dorf grasten. Die Frau vor ihr muss Inger sein!

Lyr streicht dem kleinen Jungen über den Kopf. Der schmiegt sich an den Arm der Mutter. Die fremde junge Frau irritiert den Jungen, er presst die Augen fest an die Brust, damit er das unbekannte Gesicht nicht mehr sehen muss. Lyr antwortet mit leiser, tiefer Stimme, ein freundlicher Spott schwingt darin.

„Auch du hast die Zeit nicht ungenutzt verstreichen lassen, Inger!"

Sie kann es sich nicht verkneifen:

„Du hast geheiratet?"

Inger schiebt den Sohn auf der Hüfte höher.

„Stünde ich dann allein hier? Denkst du, mein Mann käme etwa nicht mit, wenn der Freund aus meinen Kindertagen zurückkehrt?"

Sie schüttelt den Kopf, empört über so viel Naivität.

„Du und Ture! Du bist doch viel zu jung für so einen Mann!"

Abschätzig lässt Inger ihre Blicke von oben bis unten über Lyrs Gestalt schweifen. Sie hebt die freie Hand, zupft am Umhang, rümpft die Nase.

„Reich seid ihr wohl nicht geworden, im Ranenland?"

Sie packt die Schließe.

„Und meine Schließe hast du auch?"

Inger rüttelt an der Spange, die Enden des Umhanges rutschen Stück für Stück zur Seite, entblößen die festen Brüste. Lyr schlägt die Hand Ingers zu Seite, ihre Spottlust ist in eine handfeste Wut umgeschlagen.

„Die Spange mag dir einmal gehört haben, jetzt ist sie mein! Ture hat sie mir geschenkt!"

Inger lacht auf.

„Wie kann er dir etwas schenken, was ihm nicht gehört?"

Als Ture sieht, wie die Hand Ingers weggeschlagen wird, schiebt er die Männer um sich zur Seite. Nach wenigen Schritten steht er neben den streitenden Frauen. Lyr rafft den Umhang zusammen, zieht die Schließe wieder fest. Sie zeigt auf Inger.

„Stimmt das, ist das ihre Schließe?"

Ture wird rot.

„Inger? Du hast einen Sohn?"

Auch Ingers Kopf läuft rot an. Sie murmelt ohne aufzublicken.

„Ja, sollte ich vielleicht auf dich warten? Die vielen Jahre!"

Sie hebt den Kopf.

„Ich dachte, ihr kommt nie wieder, du und deine junge Pissnelke!"

Ture zieht die Schultern hoch.

„Was soll ich machen, wir leben noch."

Er streckt die Hand aus, seine Finger berühren das Silber der Spange.

„Die Schließe!"

Er sieht Inger eindringlich an:

„Sollte ich das Mädchen mit offenen Kleidern laufen lassen?"

Die Röte verschwindet aus Ingers Gesicht.

„Nein, das solltest du nicht! Aber musstest du ihr unser Treuepfand geben? Hast du vergessen…?"

Jetzt studiert Ture die Zehen seiner Füße.

Lyr schaut von einem zum anderen. Dann nestelt sie mit fahrigen Fingern die Schließe aus ihrem Umhang.

„Sie hat mir das Leben gerettet. Dafür danke ich dir, Inger! Hier, Ture, von dir habe ich das Silber. Also gebe ich es dir zurück! Macht mit euerm Treuepfand was ihr wollt!"

Sie patscht dem großen Mann die Schließe auf die Brust. Verdutzt greift Ture zu. Lyr geht wütend, mit großen Schritten, wehendem Umhang und wippenden Brüsten an den Männern vorbei zurück zum Kanu. Die Kerle pfeifen ihr hinterher, sie wirft den Kopf zurück. Tures Vater geht ihr eilig nach, sie hört seine beschwörende Stimme.

„Lyr, tu jetzt nichts Unüberlegtes. Komm mit zum Haus! Ich brate uns einen schönen Barsch, dann sehen wir weiter!"

Lyr löst den Knoten, klettert ins Kanu, sitzt unschlüssig. Sie muss überlegen, ihre Gedanken überschlagen sich. Ture hat sie im Stich gelassen! Er hat sie verraten, kaum ist die erste Frau aus der alten Heimat aufgetaucht.

Treuepfand! Darauf hat sie sich nun gefreut? Nein und nochmals nein!

Sie stößt das Paddel gegen den Anleger, das Kanu treibt seitlich ab, der Abstand zum Ufer vergrößert sich. Tures Vater steht am Ufer. Vorwurfsvoll klingt seine Stimme über das Wasser.

„Ach, Lyr, ich habe mich so gefreut."

Mit hängenden Schultern steht er da. Schließlich dreht sich der alte Mann um, geht mit langsamen, schweren Schritten. Lyr zieht das Paddel durch das Wasser.

„Warte, Abel, ich komme mit dir."

Der Alte dreht sich um. Schnell ist er wieder am Anleger, nimmt Lyr die Leine des Kanus ab, verknotet sie wieder fest.

„Den Knoten kriegst du nicht auf! Du musst nun hier bleiben, auf immer und ewig!"

Ture kommt mit eiligen Schritten den Weg durch das Schilf hindurch. Lyr knallt den Salzsack auf den Anleger, der Silberbeutel fliegt hinterher. Ein wenig Salz rieselt auf die Bohlen. Abel zeigt auf den zweiten Sack, der noch im Boot steht.

„Ist das ebenfalls Salz?"

Lyr nickt.

„Das ist Tures Salz!"

Abel zeigt mit dem Kinn auf den kleineren Beutel.

„Ist da das drin, was ich vermute?"

Jetzt nicken die beiden jungen Leute. Tures Vater hustet, nimmt eines der Netze auf und lässt es über den Geldsack fallen.

„Also! Wisst ihr! Ein kleiner Streit ist nicht schlecht! Ich habe mich mit deiner Mutter oft gestritten."

Er wackelt mit dem Kopf.

„Die Versöhnung hinterher…!"

Er schaut versunken auf das Netz.

„Streit kann gut sein. Wenn er macht, dass alle Schranken fallen, ist er nicht gut..."

Tadelnd schaut der alte Mann auf Lyr.

„Wenn du hier mit Säcken herumwirfst, die besser ganz tief vergraben in der Erde liegen sollten, ist das nicht gut!"

Nun ist es an Lyr, den Kopf zu senken. Abel bückt sich, ächzt, klaubt das Netz zusammen mit dem schweren Beutel auf.

Die Männer, die inzwischen wieder am Anleger angekommen sind, spotten.

„Alter, ist dir jetzt schon dein Netz zu schwer?"

Abel klemmt sich das Knäuel unter den Arm, schief wie ein falsch beladener Kahn geht er zum Fischerkaten. Die Tür geht mit einem Knarren auf, das Bündel segelt mit einem Plumpsen in die Ecke. Lächelnd schließt der Alte die Tür.

„Lasst uns ins Dorf gehen. Ich lade euch ein!"

Johlend wenden die Männer auf der Stelle, ziehen fröhlich den Hang zum Dorf hinauf.

Abel zieht Ture zu sich, leise flüstert er dem Sohn ins Ohr.

„Du kannst den Männern unseren Met ausschenken. Ich werde mit Lyr das Geld verstecken!"

Dann stößt er Ture in Richtung Dorf.

Er ruft laut: „Geht schon vor! Ich werde Lyr noch die Lebensboote ihrer Ahnen zeigen!"

Ture eilt den Männern hinterher, am Fluss wird es still.

Der Alte lauscht angestrengt.

„Los, lass uns das Geld vergraben."

Lyr sieht zweifelnd in den Schilfgürtel?

„Hier?"

Abel kommt mit dem Geldsack aus dem Schuppen.

„Nein, nicht hier – bei deinen Ahnen!"

Er zwinkert ihr verschmitzt zu.

„Wir gehen unten herum, das muss nicht gleich jeder im Dorf sehen!"

Patschend verschwindet er auf einem kaum sichtbaren Pfad im Schilf. Lyr zögert kurz, dann streckt sie die Arme aus, teilt die Halme und folgt den deutlich im Schlamm sichtbaren Spuren.

Lebensboote

Ab und zu muss Lyr stehen bleiben, denn die Spuren im Schlamm sind einem im flachen Wasser nur noch zu erahnenden Pfad gewichen. Wenn sie verharrt und lauscht, hört sie deutlich das Plätschern des ein gutes Stück vor ihr gehenden Mannes. Sie schüttelt den Kopf, beeilt sich, den Abstand nicht größer werden zu lassen. Sie flucht leise vor sich hin.

„So sind die Kerle, kaum ist ein Weiberrock in der Nähe, verlieren sie die Orientierung!"

Wieder lauscht sie. Als das deutliche Knacken an ihr Ohr dringt, lächelt sie. Ein wenig Orientierung wäre jetzt nicht schlecht! Vielleicht ein Bootsmann, ein Navigator, der ihr den Weg aus dem Schilf weist? Sie versteht plötzlich, wie sich Ture fühlte, als sie Arnes Flaumgesicht studierte. Hatte sie ihn nicht ebenso verraten?

Der Schlamm saugt sich an den Füßen fest, die Mücken sirren ihr um die Ohren. Das Wedeln mit den Händen scheint sie noch verrückter zu machen, überall juckt es.

Lyr wischt sich den Schweiß mit dem Zipfel ihres Umhanges vom Nacken, dann lauscht sie wieder. Jetzt ist es ganz still. Ihre Füße stecken im Schlamm des Flusses fest, nur schwer bekommt sie einen Fuß wieder frei. In welche Richtung muss sie nun gehen? Ein Kranich trompetet in der Ferne. Was, wenn sie in tiefes Wasser gerät? Hier im Schilf nützen ihr die eher bescheidenen Schwimmkünste, die ihr Ture beibrachte, sicher nichts. Sie zieht den zweiten Fuß aus dem Schlamm.

Leise ruft sie Tures Vater.

„Abel?"

Ein Rascheln zieht durch die Schilfhalme, selbst die Mücken sind plötzlich verschwunden. Lyr fröstelt. Sie spitzt die Ohren, kein Laut ist zu hören. Die Sonne hat sich verabschiedet: ihr Strahlen, das eben noch die Spitzen des Schilfes in warmes Orange tauchte, ist einem graublauen Licht gewichen. Die tieffliegenden Wolken ziehen jetzt schwer und düster, der Himmel steht gleichgültig über dem einsamen Menschenkind. Nun brüllt sie aus voller Kehle.

„Aaaaabel!"

„Was ist, Mädchen, was ist?"

Ganz dicht ist seine Stimme, schon nach wenigen Sprüngen lichtet sich der Schilfgürtel und Lyr steht mit schwarzen Füßen neben dem Alten auf einem leicht erhöhten Weg. Rechts von ihnen zieht sich ein Bruch neben der Peene entlang, vor ihnen breitet sich ein ausgedehnter See, Produkt der Bauwut einer Biberfamilie, deren Burg nicht zu übersehen ist.

Abel beobachtet ihr Staunen.

„Kennst du die Biberburg noch? Sie steht dort schon seit Menschengedenken. Denk nur, ohne die Biber würde das Flachwasser hier nicht existieren. Die Biber sorgen für unsere Fische!"

Abel nickt zufrieden.

„Ja, so ist das, eins greift ins andere! Nun komm, wir müssen uns beeilen."

Mit ausgreifenden Schritten geht Abel voran. Als sie den Hohlweg vor dem Abbruch des Hanges erreichen, blickt Lyr wie durch einen Tunnel in den dunklen Himmel in Richtung Osten. Wie in einem Traum erscheint ihr das Bild dieses Durchganges mit dem intensiven Leuchten an seinem Ende. Sie fasst den Alten am Ärmel.

„Abel, ich erinnere mich! Mutter und ich sind hier am Morgen zum Vater gegangen. Das Licht am Ende des Durchganges…. Es war wie eine Verheißung!"

Abel blickt versonnen in den dunklen Hohlweg.

„Dein Vater! Er hat auf der Lichtung oben am Hang Getreide angebaut. Er war kein Jäger, er war kein Fischer. Dein Vater klebte an der Scholle. Die Erde war wohl sein Schicksal. Du weißt, wie deine Eltern starben?"

Langsam steigt Abel vor ihr den Hang hinauf. Seine Füße finden im Sand zwischen den von vielen Tritten freigelegten Wurzeln sicheren Halt. Lyr folgt dem Alten, zögert kurz, als sich Abel am Rande einer

Lichtung niederkniet. Vor ihr liegen wunderschöne Steine. Sie sind nicht sinnlos verstreut, nein, sie bilden die Formen von Booten nach, große und kleine. Sie sind am Heiligtum der Wikinger Moorbrüggens angekommen, an den Steinsetzungen zu Ehren der Ahnen.

Lyr blickt auf den geneigten Kopf des Alten nieder. Sein magerer Hals gibt einen leuchtenden weißen Streifen glatter Haut frei, der unterhalb der zauseligen grauen Haare in ein kräftiges Braun voller Falten übergeht.

Ein zärtliches Sehnen steigt in Lyr auf, sie legt ihre Hand auf die Schulter des Alten, kniet neben ihm nieder.

Der Wind rauscht in den alten Kiefern, tiefer im Wald reiben sich zwei Bäume aneinander. Ein klagendes Knarren zieht über die Lichtung.

„Habt ihr meine Eltern hier beerdigt?"

Der Alte steht auf.

„Beerdigt? Hat dir Ture denn nichts beigebracht? Die Christen beerdigen ihre Toten! Wir lassen sie fahren!"

Abel schüttelt den Kopf.

„Wie sollen sie das ewige Leben erreichen? Mit ihrem toten Körper? Glaub mir, Lyr, den brauchen sie nicht."

„Und die Boote hier, wozu sind die da?"

Tures Vater kratzt sich den Kopf.

„Die Lebensboote? Ich glaube, die sind für uns da. Unter den Booten liegen zwar Dinge, die die Toten brauchen können, die mit auf ihre Reise gehen sollen. Da drüben, beim Boot deiner Eltern, liegen eine Hacke und ein guter Spaten. Ein Kleid für deine Mutter wird wohl dabei sein, sie trug es gern."

Plötzlich tritt er dicht an Lyr heran, der Griff seiner Hände um die Oberarme ist fast schmerzhaft.

„Deine Eltern, sie lagen einfach da, dort oben am Acker. Keiner weiß, warum sie gestorben sind. Keine Wunde zeigte an, was sie verletzt hat, keine Spur war zu erkennen, wer sie tötete. Es blieb ein Rätsel. Hat Ture nie mit dir darüber geredet?"

Lyr schüttelt den Kopf. Sie sieht an Abel vorbei, ihr Blick schweift über das Altwasser, das nun silbergrau im Abendlicht leuchtet. In der Ferne überspannt die

Brücke den Fluss, der Weg durch das Schilf ist nicht zu erkennen. Aber am Ende des Hügels leuchten die Feuer des Dorfes und ab und zu hört sie ein lautes Lachen.

Der Alte starrt immer noch in ihr Gesicht. Langsam gleitet ihr Blick vom friedlichen Panorama des Dorfes zur zerklüfteten Landschaft des Gesichtes Abels.

„Du warst damals ein kleines Mädchen, wie sollten wir dir beibringen, dass deine Eltern oben auf dem Feld neben den Lebensbooten gestorben sind?

Als Jaromar an diesem Tag mit seinem Gefolge über die Brücke zog, kam uns das wie ein Fingerzeig des Schicksals vor. Meinen Sohn drängte es schon länger, die Welt außerhalb Moorbrüggens zu erkunden. Was lag näher, als dich mit auf seine Wanderschaft zu geben, die er im Zuge Jaromars begann?"

Die Hände Abels lösen den Griff, gleiten an Lyr herab. Er tritt zur Seite, breitet die Arme aus.

„Am Tag nach deiner Abreise haben wir deine Eltern verbrannt. Dort auf dem Fluss begann ihre letzte Fahrt! Es war für mich nur eine Frage der Zeit. Das hier ist eure Heimat. Sei willkommen. Und nun lass uns das Geld vergraben."

Mittsommernacht

Im fernen Dänemark leuchten an den Küsten hunderte Feuer. Stumm stehen die Männer Bogislaws in den Schiffen, starren auf das Schauspiel. Ab und zu stört das Schnauben eines Pferdes die friedliche Stille. Die Feuer spiegeln sich im glatten Wasser. Die Männer aber gleiten dahin, laut-los, ihre Fäuste umklammern die Waffen.

Es ist, als ob sie flögen, die Grenzen zwischen Himmel und Erde sind aufgehoben. Mit leisem Knirschen schieben sich ihre Schiffe in den weichen Sand der Bucht. Die Reling wird geöffnet, die Landebrücke klatscht in das flache Wasser.

Jetzt tänzeln die Pferde aufgeregt, der Gang über die Planken ist ihnen verhasst. Doch die Krieger kennen kein Erbarmen: Mit festem Griff leiten sie die Tiere auf die Bohlen. Das Poltern schallt laut über das Wasser, die Pferde strecken die Vorderbeine und staken mit eingeknickten Hinterläufen über die Schräge. Ohne ein Wort folgen die Soldaten des Fußvolkes. Der Wind lässt die Funken auf den Wiesen fliegen, ab und zu ist ein Schattenriss der Menschen zu sehen, die um die Feuer tanzen.

Am Ufer nehmen die Gelandeten ihre Formation ein: Jedem Ritter folgen sechs Bewaffnete.

Das leise Klirren von Metall mischt sich mit den Liedern, die von den Feuern zu ihnen dringen.

Der Hauptmann hebt das Schwert über den Kopf.
„Im Namen Gottes! Holt euch euern rechtmäßigen Lohn!"

Die Häuser werden zu Fackeln und beleuchten Taten, die diejenigen, die sie sehen, nie vergessen werden. Sie werden zu Fackeln, in deren Licht gierige Augen blitzen. Tastende Hände durchwühlen im flackernden Schein die Betten der Bauern.

Ja, den fleißigen Leuten ging es gut. Sie haben gespart, ihre Vorräte zeugen von der Großzügigkeit der Erde. Ihr Wohlstand ist dem Boden abgerungen, mit Kenntnis und Ausdauer.

Schreie dringen durch die Nacht, die Krieger brüllen nach Gold, doch was sie bekommen, sind höchstens Pfennige, aus tönernen Töpfen herausgefummelt mit harter zitternder Hand.

Das soll alles sein? Die gierigen Blicke schweifen.
Da!
Bier und Wurst!

Nach erstem Schlingen folgen die Fragen.
Die blonden Weiber, wo sind sie?

Die Nacht des 21. Juni 1168 ist eine helle und kurze Nacht.

Doch sie nimmt und

nimmt kein
Ende.

Ein gutes Werk

Jaromar

Das Dunkel im Pallas wird durch das graublaue Viereck eines kleinen Fensters durchbrochen. Ich lausche in die Finsternis, ein ganz ganz leises Rascheln dringt herein, mehr zu erahnen als zu hören. Es schneit. Als ich mich aus dem Fenster beuge, sehe ich: vor dem Pallas ist alles Land verschwunden. Mein Blick fällt in grauenhafte Tiefe.
Ganz unten am Strand liegt klein und verloren eine Gestalt in hellen Gewändern, die wie zerbrochene Flügel ausgebreitet liegen.
Asser?
Ich starre und starre, jetzt läuft die dunkelgraue Flut immer höher. Die Gestalt bewegt sich.... . hebt einen Arm, kämpft mit dem Stoff des Umhanges.

Asser lebt noch!

Ich beuge mich weit aus dem Fenster, damit ich besser sehen kann, verliere das Gleichgewicht, falle....

Mein Arm schlägt in eine helle Sommernacht. Wer liegt da neben mir? Ich stütze mich auf, Hildegards Haare liegen ausgebreitet auf den Kissen. Leise schiebt sich eine Hand in meine Richtung. Ich ergreife sie und lasse mich auf den Rücken fallen. Das Blut rauscht mir in den Ohren, an Schlaf ist nun nicht mehr zu denken.

Was will der Traum mir sagen?

Wird die Jaromarsburg im Meer versinken?

Wird Asser wieder auferstehen?

Asser!

Wie anders war er doch als die neuen Priester.

Ich muss an die Zeremonien denken, an Absalon, der das kalte Wasser des Taufbeckens in meinen Nacken rinnen ließ, an seine Augen, die mich aufmerksam musterten, als ich kurz aufblickte. Ich kann mich genau an diesen Moment erinnern, an den

Geruch der kalten Steinschale und an diesen Blick, der mich fixierte, als wäre ich ein Lurch, der der Schale entkommen wollte. Meine Hände lösten den Griff um meinen Umhang, packten fest die Ränder der Schale.

Das war der Moment!

Nicht als ich die Burgtore öffnen ließ, nicht als der Svantevit brannte, nicht als ich das Knie vor Waldemar beugte und erst recht nicht, als die ersten Glockentöne über unser altes Land flogen.

Nein!

Genau in dem Moment, als ich noch hätte aufspringen können, als meine Knöchel am Rand der Steinschale hervor traten, wusste es Absalon: Er hatte mich besiegt.

Und Bogislaw und Heinrich?

Bogislaw muss verrückt geworden sein, über die Ländereien Waldemars herzufallen. Bestimmt hat ihn Waldemar um seinen Anteil an unserem Schatz betrogen.

Ein Lachen kitzelt meinen Bauch, ich halte mir die Hand vor den Mund, denn Hildegard soll nicht ganz

erwachen. Ja, diesen Anteil habe ich noch. Er liegt sicher in einer Truhe unten am Meer. Wenn die Flüchtlinge die Jaromarsburg verlassen haben, werden Wedego und ich die Kiste wieder heim tragen.
Heim? In die Jaromarsburg? Ohne die Palisaden ist die Burg nicht zu verteidigen. Was, wenn Bogislaw auf der Rückfahrt aus Dänemark bei uns einfällt?

Hildegard löst ihren Griff, wälzt sich, dreht mir ihren Rücken zu.
Ich starre auf ihren Hinterkopf. Waldemars Entscheidung zur Verbindung unserer Machtbereiche ist mir nicht schlecht bekommen! Im Ergebnis habe ich eine schöne langbeinige Frau, die nichts gegen einen flotten Ritt durch unwegsames Gelände hat.
Langsam aber sicher steigt mir das Blut in die Gefilde südlich des Nabels. Ich hebe die Decke meiner Frau an, schiebe mich langsam näher und näher.

Nun muss sie merken, was da wächst. Ganz still liege ich, bis eine kleine Bewegung ihres Beckens anzeigt, dass das Gewächs willkommen ist.

Die Bewegung wird stärker: ihre Arme bewegen sich abwärts. Die Hände, die sich kurz der Stabilität des Gewächses versichern, ziehen ihr Hemd in die Höhe.

Die Bettdecke hebt sich, als Hildgard das rechte Bein leicht anwinkelt. Die Bahn ist frei, der Baum kann gepflanzt werden. Ihre Hand findet meine, der Weg des Gewächses zum Pflanzloch wird vorsichtig begleitet. Dann folgt das intensive Prüfen: Ist das Loch gut befeuchtet? Ist der Rand der Grube schön abgerundet?

Ihr Bein klappt herunter. Jetzt kann der Baum nicht mehr weg, seine Wurzeln werden gewärmt, die Erde wird verdichtet.

Hildegards Kopf biegt sich nach hinten, sie hat die Augen fest geschlossen. Sie lächelt in eine andere Welt hinein, aber ihre nun wieder freie Hand sucht meine.

Dann schaltet mein Gehirn ab und rote Kreise ziehen um die Wurzeln, die tiefer und tiefer in die Erde müssen. Die Erde kommt mir entgegen. Ein Gewitter?
Was für eine Pflanzung!
Wir liegen still.
„Du, Hildegard?"
Sie öffnet die Augen, richtet sich auf. Ich sage es ihr:
„Die Burg hier. Sie ist nicht zu halten. Wir werden weiter südlich eine neue bauen."
Hildegard nickt, dann wirft sie sich auf den Rücken.

Heimat

Lyr

Der Platz oben am Hang, nahe dem Lebensboot meiner Eltern ist etwas Besonderes. Die dicken Kiefern halten den Wind fern, die Sonne lässt das Harz duften.

Ich sitze gern hier: einer der Steine hat eine Delle, er ist wie für das Sitzen gemacht. Mein Hintern, meine Hände fühlen die Wärme des Steines.

Abel hat das Geld in der Fluchtlinie des Lebensbootes meiner Eltern vergraben. Genau in der Hälfte der Strecke bis zum Abstieg bilden mehrere Kiefernwurzeln einen kleinen Sandsee. Am Grunde dieses Sees liegt nun unser Vermögen.

Heute ist es still, die beiden ineinander verhakten Föhren knarren nicht. Am Himmel ist kein Wölkchen zu sehen. Im Flachwasser neben der

Biberburg planschen die Kinder. Ab und an dringt ihr Lachen und Kreischen zu mir herauf.

Ja, es ist herrlich hier in Moorbrüggen: Fisch gibt es nahezu im Überfluss. Tures Reusen sind so voll, manchmal lässt er über die Hälfte der Tiere wieder frei!

Alles ist gut hier, außer der Wohnstatt! Tures Vater ist freundlich, das ist es nicht. Nur, wie soll das gehen, zu dritt in einer kleinen Fischerhütte? Ture schläft oft im Kanu, damit genug Platz im Bett ist. Schöne Nächte sehen anders aus. Der Alte schnarcht unerträglich laut.

Dieses nächtliche Getöse halte ich auf Dauer nicht aus. Ich werde mit den Männern reden, wir werden eine Lösung finden müssen.

Ha! Und noch etwas. Es mag schön sein, im Paradies, wo einem die gebratenen Tauben in den Mund fliegen. Aber die Menschen werden träge.

Wenn Ture nichts zu tun hat, sitzt er auf der Brücke und starrt in die Ferne. Manchmal hat er Glück, und eine Gruppe Handelsreisender kommt auf der Via Regia aus Stettin oder Wismar. Dann ist die Freude groß, Ture ist der Erste, der die Gäste im Landhaus willkommen heißt.

Die Ankunft der Reisenden ist immer ein Ereignis, Met wird gegeben, Met wird genommen.

An solchen Abenden schnarchen dann zwei Männer, einer im Haus, einer davor!

Ach, Mutter, war mein Vater auch so? Hat er dich ebenfalls aus dem Schlaf gerissen, mit glasigen Augen und der Absicht, dir mitten in der Nacht die Sterne zu zeigen? Ture ist schon ein Held! Groß von Gestalt, doch klein in der Vorstellungsgabe. Die ersten Male bin ich ihm noch gefolgt und wir hatten einigen Spaß im Kanu. Aber inzwischen …?

Ture sollte sich Gedanken um unser neues Heim machen, doch da kommt nichts. Ich werde seinen Vater fragen müssen!

Lyr blinzelt in das Sonnenlicht. Ihr geistert eine Idee durch den Kopf.

Die freigelassenen Fische! Es ist tatsächlich so, für jeden salzigen, geräucherten Fisch kann Ture hier in Moorbrüggen einen halben Pfennig nehmen. Wobei, hundert Leute können nicht mehr als fünfzig Fische am Tag essen. Wer will schon jeden Tag Fisch? Anders ist es mit den Handelsreisenden. Die kaufen ihm jedenfalls gern die frischen Stücke ab.

Was machen Händler mit Fischen?

Sie verkaufen sie. Bis Grypswold ist es einen guten Tages-marsch, kein Grund, den Fisch für einen halben Pfenning zu essen, wenn er dort für einen Pfenning auf dem Markt gehandelt wird!

Warum also den Händlern diesen Vorteil lassen, wenn doch der Tag Tures so lang ist, dass die Hälfte der Zeit für das Ausschauhalten drauf geht?

Ich springe auf und klopfe mir den Sand vom Umhang. Wie verlässt ein Besucher die heilige Stätte? Würdevoll, doch ab der Abrisskante ist das Gefälle so steil, ich beginne zu rennen. Mit trippelnden Schritten sause ich den hinunter. Auf Weg zum Dorf angekommen, höre ich das Brüllen eines der badenden Kinder.

Ich kenne den Weg inzwischen, teile wieder das Schilf mit beiden Armen, bis ich im warmen Flachwasser des Bibersees stehe.

Ein Junge steht vorgebeugt im flachen Wasser, reibt sich die Augen, brüllt und brüllt. Mit großen Schritten gehe ich zur Badestelle. Ich lege meine Hand auf die Schulter des kleinen Kerls, der aussieht wie eine Robbe: das dunkle Haar angeklatscht, der glänzende Körper nass und braun. Das Reiben der Augen wird unterbrochen und ein paar braune Augen schauen mich fragend an. Der Mund des Kleinen ist verzweifelt nach unten gezogen. Über die Oberlippe rinnen Rotz und Wasser; die Haare bilden einen Wasserspeier, der seinen Beitrag zur Rinnsal leistet. Noch einmal reibt der Junge die rot unterlaufenen Augen frei. Dann zeigt er anklagend auf seinen Spielgefährten:

„Der hat mich getaucht!"

Sein Freund schluchzt empört auf.

„Gar nicht wahr! Aber er hat angefangen!"

Ich kann nicht anders, ich streiche dem tropfenden Knaben das Haar zur Seite, lege ihm einen Arm um die Schultern und drücke ihn an mich.

„Pass auf, ich nehme dich mit auf die Wiese. Kann er dich dort noch tauchen?"

Der Junge schüttelt den Kopf.

„Siehst du! So einfach geht das. Bloß weggehen musst du!"

Ich lache. Der Kleine legt den Kopf an meine Schulter und überdenkt die Konsequenzen. Als er das warme Gras zwischen den Zehen spürt, hat er es sich überlegt.

Mit wenigen Sprüngen ist er wieder im Wasser. Er dreht sich noch einmal um. Ich sehe ihm versonnen nach. Kann das Streiten schöner sein als der Frieden?

Ich zucke die Schulter.

Der Junge dreht mir eine Nase, dann reißt er die Arme empor, springt dem Spielkameraden auf den Rücken. Das Wasser spritzt, die anderen Kinder bilden einen Ring, ihre anfeuernden Rufe schallen über das Wasser.

Sind wir nicht alle so? Ist ein Kampf nicht viel interessanter als das gemeinsame friedliche Wassertreten?

Schon von Weitem sehe ich Tures Kopf über das Brückengeländer ragen. Er baumelt mit den Füßen

im Wasser. Na warte! Dir werde ich schon Schwung machen! Die Frau muss aus Platzmangel in einem Bett mit dem Vater schlafen und der Mann faulenzt auf der Brücke umher!
Ture schaut auf, als ich die Brücke betrete.
„Du, Ture, ich habe eine Idee…!"

Handel

Ture

Lyr meint, wenn wir mehr Fische verkaufen, können wir schnell ein eigenes Haus haben. Das ist Unsinn, denn wir haben bereits viel Geld! Wir mussten es schon vergraben!
Andererseits, was schadet es, wenn ich zum Markttag nach Grypswold gehe? Fisch ist tatsächlich genug da, Salz haben wir noch genügend und Zweige zum Räuchern finden sich leicht.

Wozu brauche ich überhaupt Geld, wenn ich ein Haus bauen soll? Hinter Vaters Hütte ist noch ausreichend trockener Grund, Bäume für die Wände wachsen oben am Hang, Lehm für den Bewurf kommt uns an den Aufbrüchen von selbst entgegen. Auch für das Dach benötige ich kein Geld: Schilf gibt es in Massen!

Wozu braucht Lyr also Geld? Wenn ich auf dem Markt herumstehe, wird das Haus nie fertig!

Langsam ziehe ich die Reuse an Land. Da sind gute zwei Dutzend Fische drin. Nach ihrer Rechnung bringen die ein Dutzend Pfennige. Wozu aber, wenn wir im Sack oben noch zwei Schock Pfennige vergraben haben?

Ich hänge die Reuse an den dafür vorgesehenen Haken an der Brücke. Schnell gehe ich zu Lyr, die mit Vater hinter der Hütte unser neues Haus absteckt.

„Lyr, ich habe nachgedacht, wir brauchen kein Geld! Ich kann das Haus so bauen!"

Lyr kommt langsam aus der Hocke, streicht sich die Haare aus dem Gesicht. Mein Vater schaut zwischen uns beiden hin und her. Dann nickt er.

„Der Junge hat Recht! Wozu braucht ihr Geld, ist doch alles da, für ein Haus."

Lyr schaut Abel mit zusammengezogenen Augenbrauen an.

„Und warum hat der Junge das Haus noch nicht begonnen? Warum sitzt er lieber auf der Brücke und feiert mit den durchreisenden Händlern?"

Ihr Kopf läuft langsam aber sicher rot an, ich kann ihre Wut sehen!

„Lyr, bis jetzt war doch alles gut, und, sieh mal, so lange sind wir noch nicht zurück. Will eben alles gut überlegt sein!"

Ich will ihr über den Kopf streicheln, doch als ich die Hand ausstrecke, weicht sie vor mir zurück. Sie zeigt mit dem Finger auf mich.

„Du! D-d-d-du schläfst nicht jede Nacht neben so einem Gewittergrollen? Hörst du überhaupt, was dein Vater für Töne ausstößt, wenn die Augen zu sind?"

Sie überlegt kurz, fährt ruhiger fort.

„Nein, du kannst das nicht hören, weil von deinem eigenen Schnarchen so viel Krach ist! Es ist ganz einfach: Wenn du Fische verkaufst, haben wir mehr Geld und wenn wir mehr Geld haben, kannst du den Hausbau bezahlen! Lass drei Zimmerer arbeiten, vier, wie du willst. Das geht viel schneller, als wenn du hier alleine herumwirtschaftest!"

Ich sehe meinen Vater an. Viel kann der alte Mann tat-sächlich nicht mehr bewerkstelligen.

„Das stimmt, Vater ist keine sooo große Hilfe mehr."

Vater winkt ab, wirft den Hammer in das Gras.

„Macht doch euern Dreck alleine!"

Mit übereinander geschlagenen Armen und hochgezogenen Schultern verschwindet Abel in der Hütte.

Jetzt lächelt Lyr wieder.

„Reines Familienglück, was? Pass auf, Ture, wir machen die Fische aus der Reuse fertig. Mit den Fertigen von gestern hast du gute vier Dutzend. Am Markttag gehen wir gemeinsam nach Grypswold.

Wenn alles gut läuft, verkaufen wir die Ware und vom eingenommenen Geld verdingen wir uns drei Zimmerleute. Die werden unser Haus bauen und wir, wir kümmern uns um den Nachschub an Geld! Dann haben wir drei Leute am Bau statt eineinhalb."

Von der Brücke dringt das Poltern schwerer Wagen. Ein Kaufmannszug überquert die Peene. Und ich bin nicht auf der Brücke! Ich winke ihnen zu, nicke in Richtung Lyrs.

„Ja, ja, Lyr, das machen wir. Ich muss jetzt los, die Händler müssen im Dorf eingewiesen werden."

Lyr erwischt mich am Hemd, es kracht gefährlich in den Nähten.

„Ich nehme jetzt die Fische aus. Wenn du, wenn ich fertig bin, nicht am Räucherofen bist ... ziehe ich zu Inger!"

Die und zu Inger – ich lach mich schief. Aber man ist ja nicht so.

„Lyr, das brauchst du gewiss nicht. Ich komme nach der Einweisung sofort zu den Öfen!"

Ich hebe die Schwurhand.

„Das ist versprochen!"

Lyr lockert den Griff, schnell laufe ich der Staubwolke hinterher, die in Richtung Dorf zieht. Der erste Wagen stoppt, die anderen fahre dicht an dicht auf. Jetzt habe ich eine Idee!

„Wo fahrt ihr hin? Fahrt ihr nach Wismar?"

Der Kaufmann schüttelt den Kopf.

„Nein, wir werden Salz in Grypswold laden. Danach geht es wieder zurück nach Stettin."

Ich zeige auf das Langhaus.

„Dort könnt ihr rasten, bis Grypswold werdet ihr nicht einen so guten Rastplatz wie diesen finden."

Der Kaufmann reckt den Hals, unser Langhaus ist tatsächlich beeindruckend! Langsam wendet er den Kopf und sieht mich an.

„Was kostet die Rast?"

Irgendetwas habe ich nicht mitbekommen: Alles kostet jetzt Geld, alles wird jetzt vergütet? Für Gastfreundschaft haben wir noch nie etwas bekommen, außer Speis und Trank, versteht sich!

Ich kratze mir den Kopf.

„Könntet ihr mich und meine Frau morgen mit nach Grypswold nehmen? Wir wollen zum Markttag."

Er kann, und als ich endlich mit einigen guten Schlucken Bier im Bauch zu Lyr zurückkehre, habe ich gute Laune und gute Nachricht!

Sorgsam wickeln wir die Aale und Brassen in ölige Tücher. Der Fischkorb ist schwer geworden, und als wir ihn am nächsten Tag auf den Wagen heben, rümpft der Kaufmann die Nase.

„Wollt ihr in Grypswold einen Hausstand gründen?"

Er tritt dichter, klopft auf den Korb. Als der Geruch des Fisches in seine Nase fährt, wedelt er mit den Armen.

„Auf diesem Wagen könnt ihr nicht bleiben. Da sind Stoffe aus Pommern drauf – die stinken sonst nach Fisch!"

Auf welchem Wagen wir fahren, ist uns egal. Ohne Murren steigen wir auf einen kleineren, leeren Eselkarren um. Nur wenig später setzt sich der Tross in Bewegung. Wir sind auf dem Weg zu unserem ersten Markttag!

Inger will Ture

Inger

Der Blick aus meinem Fenster ist herrlich, jeden Morgen bin ich froh, wenn die Tür aufgeht. Dann sehe ich die Brücke liegen, daneben unseren kleinen Hafen. Linkerhand geht die Sonne auf, alles ist frisch, und nur Abel ist bereits unterwegs, um die Fische aus den Reusen zu holen.
Jeden Morgen steigen die Männer nun zu zweit ins Boot, denn Ture ist zurück!
Das ist ein Mann!
Ich lehne mich an den Türpfosten, verschränke die Arme und warte. Die Tür der Fischerhütte öffnet sich und Abel geht allein zum Kanu, in der Hand eine zusammengefaltete Reuse.
In der Kammer raschelt es, ein Blick über die Schulter, nach dem grellen Licht der aufgehenden Sonne muss ich die Augen zusammenkneifen. Mein

Sohn Oli sitzt im Bett, seine kleine Stimme klingt fragend durch den noch dunklen Raum.

„Mama?"

Ich schiebe seufzend einen Klotz vor die Tür. Die Fensterläden klemmen, nach einigem Rucken schießt frische Luft in den kleinen Raum.

Oli kriecht zurück unter seine Decke. Ich lege mich gern wieder zu ihm, öffne mein Hemd. Oli robbt etwas näher heran, saugt sich fest, der Druck auf meiner Brust lässt nach. Seine Finger spielen in der Luft, ab und zu sendet er mir einen Blick zu, als wollte er sich meiner versichern. Ich streichele sein kleines Köpfchen, die Haare sind lockig, blond, wie die seines Vaters!

Hätte ich gewusst…!

Ich schüttle den Kopf, prompt beendet Oli das Fingerspiel, hält vorsichtshalber meine Brust fest. Befürchtet er, ich könnte sie ihm entziehen.

Wieder trifft mich sein kritischer Augenaufschlag, sogar die Augenbrauen zieht der kleine Kerl zusammen. Spürt er, dass ich an Männer denke?

Wenn ich an Olis Vater denke, bekomme ich ebenfalls schlechte Laune. Zwei Jahre nur! Zwei Jahre warten und Ture wäre zurück gewesen!

Nun ist er wieder da, und Lyr? Dieses kleine storchen-beinige Wesen hat sich verändert. Ist sie in seinen Gedanken? Kann er ohne sie nicht leben? Warum sitzt der Mann dann auf der Brücke und starrt Löcher in die Luft? Wovon träumt er?

Von fernen Ländern, wie Olis Vater? Von Reichtum, von Macht?

Ture?

Ich lege Ole an die andere Brust.

Als wir Kinder waren, tobte Ture wie die anderen Jungs mit dem Holzschwert in der Hand über die Wiesen. Wir Mädchen mussten die Verwundeten nach der Schlacht einsammeln. Ich habe ihm Ampfer auf die schorfigen Knie gepappt, seine Augen blitzten, als er mich wegstieß.

Doch später, als die anderen kleinen Krieger im Fluss badeten, zeigte er mir im Schilf eine Höhle. Seine schon damals harten Hände streichelten mich. Seine Küsse schmeckten nach Fisch!

Die Sonne beleuchtet die aufgesperrte Tür, ich spüre ihr Strahlen bis in unser Nest hinein. Die zweite Brust ist ebenfalls leer, eine Gänsehaut zieht mir über den Rücken.

Olis Augen klappen wieder zu, doch ich gönne ihm keine Ruhe. Schnell schlage ich die Decken zurück, schließe mein Hemd. Mit Oli auf dem Arm trete ich in die Sonne.

Abel schaut auf, als ich den Weg hinunter auf ihn zukomme.

„Guten Morgen Abel, wo ist denn Ture heute? Schläft er noch?"

Abel zerrt eine volle Reuse aus dem Wasser. Sein Blick taxiert meine nackten Waden, die Hüften, die Brüste, das Kind. Oli wird von einem kräftigen Rülpser geschüttelt.

Abel strahlt mich an, die Falten in seinen Augenwinkeln wie kleine Fächer.

„Gut, deine Muttermilch, was? Der Ture? Der ist mit Lyr nach Grypswold gefahren. Die wollen Arbeitskräfte kaufen, ich reiche ihnen nicht!"

Abel schüttelt den Kopf. Abel ist sauer. Wir werden sehen. Es wird schon eine Gelegenheit kommen. Dann werde ich mit Ture über Lyr reden. Ich drehe mich um, durchsuche das andere Flussufer mit den Augen. Unsere Höhle, ob die noch existiert?

Rache

Die Schiffe der Angreifer aus dem Osten sind schon lange hinter dem Horizont verschwunden, als Waldemars Späher stumm durch die verwüsteten Dörfer reiten. Sie ziehen in kleinen Trupps, ab und zu wendet einer der Reiter sein Pferd und verschwindet eilig in Richtung Westen. Von dort wird die königliche Streitmacht folgen. Sie ist nicht groß: Einige Dutzend Reiter, einige Hundert Lanzenträger, schließlich der Herrscher selbst, Absalon an seiner Seite. Kein Tross, keine Zelte, keine Wagen folgen dem eiligen Zug des kleinen Heeres. Doch es ist zu spät, der König kann nicht mehr helfen.

Mit versteinerter Miene gleitet der Blick Waldemars über die Spuren der Überfälle. Rußige Kamine strecken ihre mahnenden Finger aus den verkohlten Überresten ehemals stattlicher Häuser. Die überlebenden Dorfbewohner stehen mit gefalteten Händen in der Mitte der Ruinen ihres Dorfes nebeneinander. Sie neigen die Köpfe vor ihren Herren; ihre Toten liegen wie die Strecke einer finsteren Jagd zu ihren Füßen.

Der König steigt vom Pferd.

Er neigt den Kopf vor den Toten. Er mustert die Über-lebenden mit nachdenklichen Blicken. Die Bauern sind friedlich geworden. Die Zeiten, in denen sie auf Viking in den Osten zogen, waren vorüber. Aber manch rußiges Gesicht, manch wilder Augenaufschlag zeigt dem Herrscher: Die friedliche Oberfläche ist eine dünne Haut.

Seine Rede ist kurz.

„Beerdigt unsere Toten. Baut die Häuser wieder auf! Wir werden euch nicht im Stich lassen!"

Der König nickt seinem Bischof zu. Absalon segnet die Toten.

Die Zeremonie ist bald vorüber. Der König steckt den Fuß in den Steigbügel, mit einer fließenden Bewegung gleitet er in den Sattel. Ein Mann in den besten Jahren! Ein Wink versetzt seinen Schatzmeister in Bewegung, Waldemar nimmt einen prallen Beutel entgegen.

„Wer ist euer Ombudsmann?"

Ein Bauer, auf dessen ehemals hellen leinenen Kittel jetzt ein kopfgroßer Fleck wie eine blutrote Sonne prangt, tritt aus der kleinen Gruppe der Trauernden.

Waldemar spricht laut:

„Dein König übergibt dir Geld und Order."

Wieder ein kurzer Wink. Fünf Lanzenträger treten vor.

Waldemar reckt das Kinn, umfängt die Gemeinde mit einem Blick aus seinen harten Augen.

„Euer König gibt euch Schutz!"

Die Lanzenträger marschieren mit kleinen Schritten auf die Seite der Bauern.

Noch einmal erklingt die laute Stimme des Herrschers:

„Die Rache aber, sie ist mein!"

Das Pferd dreht tänzelnd eine Runde, das kleine Heer setzt sich in Bewegung.

Dorf für Dorf, Weiler für Weiler schwört Waldemar den Bewohnern Rache.

Absalon lenkt sein Pferd an die Seite seines Ziehbruders. Der Zug ist kleiner geworden. So viele zerstörte Weiler, in jedem bleiben einige der Lanzenträger zurück.

Vor einem der zerstörten Dörfer, es mag das dritte oder vierte gewesen sein, stoßen sie auf einen Späher, der sie hoch zu Ross neben einem schwarzen Hügel erwartet.

Als der König näher kommt, springt der Reiter vom Pferd, beugt das Knie, senkt den Kopf.

Der schwarze Hügel ist ein toter Mensch!

Die Reihen der Krieger teilen sich, König und Bischof reiten dicht an den Hügel heran. Ein verdrehter Kopf, blick-lose Augen starren in den Himmel, ein Helm liegt daneben, eine Waffe. Der

Reiter dreht den Toten. Der schwarze Um-hang ist mit dem pommerschen Greifen gekennzeichnet.

Der schwarze Krieger ist ein Untertan Bogislaws!

Waldemar starrt, er hebt den Kopf und schaut in Richtung Osten. Auch Absalon starrt in die Ferne. Zwischen sanften Böschungen scheint das Meer hindurch.

„Bogislaw! Da, überm Meer sitzt der Pommernherzog in seiner Wasserburg. Wieso schwört er mir nicht Gefolgschaft?"

Waldemar dreht seinen Oberkörper zu Absalon, streckt den Arm aus, zeigt über das Meer.

„Rugia in unserer Hand! Das Land dahinter in Richtung Osten in der des Herzogs? Was will der Mann? Mal Freund, mal Feind?"

Absalon streicht sich den Bart.

„Bogislaw will, was wir alle wollen: Vasallen, Steuern, einen sicheren Hort!"

Waldemar kneift die Augen zusammen.

„Hält sein Bündnis mit Heinrich noch?"

Absalon lacht.

„Mit Heinrich hält kein Bündnis! Kratzt sich der Löwe am Kopf, rennen die Flöhe zum Hintern! Der hat andere Sorgen!"

Waldemar zieht die Augenbrauen zusammen.

„Hält mein Bündnis mit Jaromar?"

Absalon zuckt gleichgültig mit den Schultern.

„Schenke ihm Pommernland!"

Der König gibt dem Pferd die Sporen, sein Körper bewegt sich mit dem Schritt des Tieres, der Kopf nickt.

Durch das Trappeln der Hufe hindurch hört Absalon die Stimme Waldemars:

„Jaromar, Jaromar!

Gib...

ihm...

Bogislaw!"

Mit Inger…

„Sie ist so…"
Ture sucht verzweifelt nach Worten. Er winkt ab.
„…immer will sie was!"
Er nimmt einen Schilfhalm und zerbricht ihn. Nachdenklich schiebt er den Stummel des Halmes zwischen die Zähne.
Er denkt an Grypswold: in weniger als drei Stunden hatte Lyr alle Fische verkauft. Wie sie da stand, in einer Hand hielt sie einen Aal, auf der anderen Handfläche bot sie ein Zanderstück an! Sie schrie nicht umher, nein, sie sprach die Käufer direkt an. Mürrisch sah er zu, wie sie die Leute vom guten Fisch kosten ließ. Von seinem Fisch! Er dachte es nur, er sagte es nicht: Die fressen sich auf meine Kosten durch. Wieder und wieder!
Doch diejenigen, die kosteten kauften auch! Am Ende des Markttages hatten sie nicht etwa 50

Pfennig. Nein, über 70 Pfennig klimperten im Beutel, genug, um drei Zimmerer zu bekommen.
Wenigstens konnte er Lyr noch stoppen, sonst hätte die glatt drei Männer mitgeschleppt.
Ture seufzt. Inger rückt dicht an ihn heran. Durch die Schilfhalme hindurch können sie sehen, wie Abel und Lyr auf der anderen Seite des Flusses die Reusen abspülen.
Lyr greift sich die langen Haare und dreht sie zu einem Knoten.
„Ein schönes Kind ist sie ja…!"
Ingers Altstimme klingt leise durch ihr warmes Versteck. Ja, die Höhle war noch genau so wie früher. Nur kleiner ist sie geworden. Die Sonne scheint auf die Blätter der Weide über ihnen, ab und zu steht eine Libelle zwischen ihnen und dem Fluss. Träge lässt sich Ture auf den Rücken sinken. Er blinzelt, Ingers Gesicht schiebt sich zwischen Himmel, Zweige und Sonnenschein. Ihre Haare bilden einen Vorhang, kleine Schweißtropfen perlen neben ihrer Stupsnase. Sie leckt ihre Lippen, sie glänzen feucht.

Wieder flüstert ihre Stimme.

„Ein Kind…., Ture, sie ist keine Frau!"

Ture denkt an die Kapriolen am Strand. Mag sein, dass Lyr keine Frau wie Inger ist, aber ein Kind?

Inger kuschelt sich in seinen Arm. Er dreht den Kopf zu Seite, ihre warmen Lippen berühren sanft die seinen, ihre schweren Brüste drängen an Tures Arm und Rippen. Inger streicht sich die Haare hinter das Ohr. Ein süßer Geruch von Milch umgibt die junge Frau, Ture zieht schnuppernd die Luft ein.

„Du riechst…!"

Er hebt den rechten Arm, streicht über ihre weiche Brust.

Inger lächelt ihn an, in ihren blaugrauen Augen geistern goldene Pünktchen.

„So süß… wie eine Kuh!"

Inger knabbert am Ohr Tures.

„Du riechst …!"

Sie presst ihre Nase in das Haar hinter Tures Ohr, ihr heißer Atem flüstert verheißungsvoll.

„So stark… wie ein Aal."

Ihre Hand schlüpft in Tures Hose. Vorsichtig streicht sie am Schaft auf und ab, dann immer tiefer.

„Ein schöner, schöner, starker, starker Aal…"

Ture dreht sich zur Seite, lässt seinen Blick nach unten schweifen. Da liegt sie vor ihm, weich lockend, die Augen geschlossen, den Mund leicht geöffnet…

Vom Fluss her dringt Lyrs Ruf.

„Ture?"

Ture kniet sich und späht durch das Schilf. Lyr schirmt die Augen vor der ihr ins Gesicht scheinenden Sonne und späht zur Brücke und wieder schallt ihre helle Stimme über das Wasser. Ture steht auf, klopft sich die Schilfspäne von den Kleidern. Inger schiebt sich das Hemd bis über die Schenkel, ihr weißer Bauch liegt frei, ihre Scham leuchtet wie das Signalfeuer. Langsam gleiten ihre Hände die Innenseiten ihrer Oberschenkel hinunter, weiche verlockende Haut, ihr fragender Blick hängt an Tures Augen.

Wie ein Elch bricht Ture durch das Schilf. Wenig später sieht Inger, wie der Rauch aus dem Räucherofen aufsteigt.

Am Abend hat Inger vor der Tür ihres Hauses zu tun. Immer wieder hält sie inne, richtet sich auf, hält Ausschau. Nur kurz taucht Ture hinter der Fischerhütte auf, Inger dreht sich, zeigt auf ihre Kammer.
Ture wendet sich ab, nickt.
In der Nacht quaken die Frösche. Inger hat die Tür nur angelehnt. Oli schnieft in seinem Bettchen, im Mondschein huscht mit leisem Flug eine Eule vorbei.
Inger schiebt die Decken zur Seite. Die Nacht ist so warm, da kann sie ruhig aufgedeckt schlafen.
Leise öffnet sich die Tür. Das Licht des Mondes fällt türbreit bis auf ihr Bett. Inger rutscht schnell auf die Kante ihres Lagers, ihre nackten Beine weisen dem einsamen Suchenden den Weg, wie ein Berg fällt er über sie.

Sie setzen ihre Begegnung dort fort, wo sie im Sonnenschein aufhörten: Der heiße Atem Ingers fährt in Tures Ohr, sein Aal verschwindet flugs im feuchten Tal, wird schneller, findet die glitschige Höhle, die ihn freundlich empfängt.

Schnaufend und pustend feiern die wieder vereinten Liebenden das Versäumte. Sie feiern ausgiebig, sie feiern wiederholt, sie feiern, bis sie nicht mehr können.

Als Oli am Morgen schreit, steht Lyr in der offenen Tür und starrt auf die nackten Leiber. Da liegt ihr schöner muskulöser Schwimmlehrer, ihr Fischer mit den rußigen Händen. Sein Arm ruht auf schwellender Fülle, sein angewinkeltes Bein auf runder Hüfte. Ingers wache Augen beobachten Lyrs Tun ruhig. Sie lächelt.

Lyr kann nicht anders: Sie hebt die Hand und mit einem gewaltigen Schlag brennen sich fünf Finger auf dem strammen Hintern ihres Verlobten ein.

Olis Geplärr verstummt, der Junge steckt die Finger in den Mund. Ture setzt sich auf, reibt, so gut es geht, die brennende Stelle. Als er aus dem Bett schlüpft, die Tür aufstößt, sieht er, wie Lyr den Weg zum Fluss hinab stürmt, in das Kanu springt und mit ausgreifenden Schlägen hinter dem Schilf verschwindet.

Überfall auf Moorbrüggen

Lyr

Das Wasser plätschert leise am Bug des Kanus. Wusch, wusch, wusch…. Die Paddel teilen das Wasser wieder und wieder. Als das Brennen in meinen Armen zunimmt, mache ich Pause. Ich weiß nicht, wie lange ich in Richtung Flussmündung gepaddelt bin, doch es muss ein ganzes Stück sein. Weite Schilffelder säumen die Flussufer links und rechts. Die Bilder gehen mir nicht aus dem Kopf: Tures kräftiges Bein über dem Bauch Ingers, sein Arm auf ihrer Brust. Und der Geruch! Mir steigen Tränen in die Augen, doch ich will nicht heulen! Als ich mit dem Ärmel über mein Gesicht wische, entweicht mir ein lautes Schluchzen. Ich muss kichern. Da sitze ich, mitten auf dem Fluss, mit Rotz in der Nase, nassem Gesicht und brennenden Armen. Jetzt drängt noch ein Schluckauf meine Brust hinauf, mit lautem Hicksen begrüße ich den neuen Tag. Langsam treibt das Boot flussabwärts.

Ich überlege.

Wo soll ich hin? Hick!

Nach Grypswold? Hick!

Wenn ich weiterfahre, hick!

Muss ich die Burg Bogislaws passieren. Hick!

Das war schon mit Ture ein Risiko, hick!

Doch ohne ihn? Hick!

Ohne Fisch, ohne Geld? Hick!

Ich schöpfe ein Hand voll Wasser, trinke mit kleinen Schlucken das kalte Wasser.

Mit offenem Mund lausche ich in mich hinein. Es brennt zwar ein wenig in der Brust, doch der Schluckauf ist besiegt.

Ich schöpfe wieder mit beiden Händen, spüle mir das Gesicht ab, als ich ein Klopfen, Holz auf Holz höre.

Ich spitze die Ohren, da wieder! Wasser platscht!

Hinter dem Schilf ragen Masten empor. Leise paddle ich an der Schilfkante entlang, bis nur noch eine kleine Schilfwand zwischen mir und den ankernden Schiffen ist.

Männerstimmen sind zu hören, nicht unbekümmert laut, sondern verhalten und gedämpft. Was wollen die Schiffe hier? Sind das die Kriegsschiffe Bogislaws? Bloß, warum sollten die hier nicht herumbrüllen, wie üblich? Ist doch schließlich ihr eigenes Gebiet.

Vorsichtig paddle ich rückwärts, an denen fahre ich nicht vorbei!

Zurück zum Geldversteck?

Das hätte er verdient, der Kerl, mit seiner Inger! Wieder schießen mir die Tränen in die Augen, ich kneife sie zusammen.

Dann male ich mir die Szene aus: Ture mit ausgestrecktem Arm im Sandsee und der Grund ist leer. Sein suchender Blick, die zusammengezogenen Augenbrauen das langsame Begreifen, das Dämmern, dass hier etwas faul ist!

Ich denke an den Treidler, an den Schutz, den Ture dem Geld selbst im Schlaf noch gab. Die Silberstücke, die mir der Junge unter die Nase hielt, waren sein. Mehr nicht!

Nein! Ture hat entdeckt, wie Jaromar den Schatz versteckte, Ture hat den Schatz und mich übers Meer nach Moorbrüggen gebracht. Ich werde kein Geld von ihm nehmen. Bleiben die Fische. An der Brücke hängen noch zwei volle Reusen. Die werde ich nehmen, dafür hat der Kerl keinen Handschlag getan.

Ich beginne den Rückweg nach Moorbrüggen. Zug für Zug gleitet mein Kanu flussauf. Die Gedanken gehen wieder spazieren.

Wieder sehe ich vor mir, wie Ture aus dem Schilf bricht, das Hemd offen, verschwitzt, mit rotem Kopf.

Ich sehe mich selbst in der Nacht wach werden, ich sehe mich auf den Sonnenaufgang warten, sich sehe,

wie ich vor dem leeren Schlafplatz stehe. Ich wünsche mir so sehr, dass mein Mann am Ufer sitzt und die Reusen vorbereitet. Doch da ist er nicht! Auf mein leises Rufen erfolgt keine Antwort… . Zögernd wiederhole ich den Gang in Richtung Dorf, langsam strecke ich die Hand zur Tür aus. Bei Inger.... ?
Das braune Bein, der nackte Leib! Mit Inger!
Wusch… wusch… wusch.. wusch wusch … Das Kanu gewinnt an Fahrt.

Jaromar

Die Burg stand wie verlassen. Kein Schiff war zu sehen, als wir am Vortag den Peenestrom passierten. Bogislaws Flotte! Die hätte ich ihm liebend gern unter der Nase angezündet. Schon mal zur Erinnerung an seine Beteiligung an meiner Bekehrung.
Hier im Fluss sind wir für ihn unsichtbar. Vielleicht geht er uns in die Falle? Ich hätte jedenfalls nicht übel Lust, die Strafexpedition Waldemars mit einem

kleinen Abstecher an die Pommernburg zu verbinden.

Die Burg selbst?

Wedego meint, wir haben keine Chance. Wedego denkt etwas geradlinig, immer so auf das Ziel zu. Es gibt jedoch immer einen Weg! Für mich kann der Weg ruhig um die Ecken gehen. Oder über heruntergelassene Zugbrücken. Als Gast!

Das würde mir gefallen! Die Zugbrücke eingenommen und dann aus dem Hinterhalt!

Ich lege meine Hand auf die Reling. Ein Eimer Wasser klatscht in den Fluss. Unwillig drehe ich den Kopf, die Männer sprechen tonlos. Wenigstens das!

Da, hinter dem Schilf schießt ein Kanu flussauf davon. Ich zeige es Wedego. Der schnappt sich seinen Bogen, legt an, spannt die Sehne, zielt. Dann lässt er den Bogen sinken.

„Wäre schade um den Pfeil!"

Ich nicke. Auf die Entfernung.

An der Leeseite rumpelt es. Ein Boot hat angelegt, die Leiter pendelt, der erste Kapitän kommt an Deck. Mit ihm kommen vier weitere. Ich begrüße sie knapp, dann gebe ich meine Befehle. Die Via Regia wird durchbrochen. Wir schneiden Bogislaw das Hinterland ab. Die Menschen diesseits der Peene werden von meiner Güte profitieren, die jenseits werden, wie Waldemar es will, gestraft.

Ture

Lyr ist auf und davon. Musste ich auch einschlafen? Obwohl! Ich schnüffele an meinem Bart. Die Küsse Ingers haben einen merkwürdigen Milchgeruch hinterlassen. Mit Inger ist es einfacher als mit Lyr. Die will nicht immer etwas! Mal Fische räuchern, mal Fische verkaufen, mal Schwimmen lernen, mal Salz kaufen, dann wieder Grypswold …
Da oben steht Inger, mit Oli auf dem Arm.
Oli. Eigentlich ist der ein putziges Kerlchen! Als ich mit brennendem Hintern vor ihm stand, strich er über die rote Stelle.
„Aua!"
Das weiß er schon?

Flussab nähert sich ein kleines Boot. Lyr? Ich stehe auf, lege die Hand über die Augen.

Kurze Zeit darauf, legt unser Paddelboot an, Lyr klettert heraus. Sie sieht seltsam verquollen aus. Sie kommt zielstrebig auf mich zu, ich wende mich ihr zu. Doch sie sieht mich nicht an, geht an mir vorbei, als wäre ich Luft.

Lyr bückt sich, hebt eine Reuse vom Haken, zerrt sie in Richtung Land.

„Kann ich dir helfen?"

Kein Ton, Lyr zerrt weiter in Richtung Ufer. Als ich zugreifen will, stößt sie mich zurück.

Am Schlachtplatz angekommen, nimmt Lyr Stück für Stück aus der Reuse, schneidet die Köpfe ab, nimmt sie aus.

Sie reibt die Fische mit Salz ein, ich stehe daneben.

„Kann ja den Ofen schon anheizen."

Lyr sieht mich an, wie einen Fisch.

Also mach ich das Räucherfeuer an. Am Ofen habe ich Blick über den Fluss. Das Feuer beginnt zu knistern, die Flammen schlagen hoch. Durch den

Rauch hindurch sehe ich die Schiffe! Eins nach dem anderen kommt um die östlich liegende Biegung.

„Schiffe!"

Lyr blickt kurz auf, dann rennt sie zur Brücke, greift die beiden verbliebenden Reusen und zerrt sie ans Ufer. Sie ruft nach Abel. Vaters zerwuschelter Kopf schaut aus dem Katen. Inger zeigt hierhin und dorthin, alles gleichzeitig, aber der Alte hat sie verstanden, er packt die Reusen und zerrt sie in die Hütte. Dann knallt er die Tür zu.

Über den Hang kommen Reiter. Vor dem Dorf bleiben sie stehen. Ich drehe den Kopf. Über die Brücke? Lyr scheint dasselbe zu denken.

Das erste Schiff dreht neben der Brücke bei. Das zweite legt am Anlieger an. Ein Holzsteg kracht ans Ufer, ein Reiter, dessen Pferd vorsichtig die Planken betritt, ist plötzlich mit schnellem Sprung am Ufer.

Das ist doch… Wedego, der Berater Jaromars!

Erleichtert atme ich durch.

„Wedego!"

Ein zweiter Reiter folgt.

„Jaromar, mein Fürst!"

Die Männer reiten lässig auf mich zu.

„Hier bist du gelandet? Bist du nicht Ture, der Fischer? Wo warst du während der Belagerung?"

Was soll ich sagen? Lügen? Den Fürsten anlügen?

„Herr, ich war fischen!"

Jaromar starrt finster in Richtung Dorf. Seine Gedanken sind, so scheint es, schon wieder woanders.

„Wie viele Leute leben im Dorf?"

Ich lege den Kopf schräg, zähle an den Fingern. Sie reichen nicht. Verzweifelt krause ich die Stirn. Hat Lyr nicht gesagt, dass einige Dutzend hier leben? Ich atme tief durch.

„Es mögen so zwei Schock sein, Herr!"

Der Fürst zeigt auf Lyr, die mit hängenden Armen an der Brücke steht.

„Dein Mündel ist auch hier?"

Ich nicke, schlucke trocken.

Lyr knickst tief, als wir zu ihr hin sehen, hält den Kopf gesenkt.

Inzwischen tummeln sich viele Reiter am Anleger. Ich will einen Befehlston anschlagen, aber meine Stimme zittert.

„Lyr! Geh ins Haus!"

Lyr knickst wieder und verschwindet in der Hütte.

Jaromar streicht sich den Bart.

„Wikinger, was?"

Dann wendet er das Pferd.

„Verbrennt die Brücke, das Dorf steht auf meinem Hoheitsgebiet. Es wird verschont!"

Was soll ich sagen, die Brücke brennt gut. Die Schiffe sind so schnell verschwunden, wie sie kamen. Die Reiter hinter dem Dorf wenden und reiten flussabwärts.

Die Männer kommen zuerst, dann folgen die Frauen, die Kinder. Bald stehen viele Menschen am Ufer, und, ja, es sind mehrere Dutzend!

Die Flammen der Brücke schlagen hoch, die Hitze der Flammen färbt unsere Gesichter rot. Eine Hand drängt sich in meine. Inger!

Lyr trägt die ausgenommenen Fische zum Räucherofen. Sie schaut nicht zum Feuer, sie schaut nicht zu uns. Sie arbeitet weiter, als wäre nichts geschehen.

Inger lehnt ihren Kopf an meine Schulter.

Der Ombudsmann bricht das Schweigen.

„Das war knapp! Das werden wir dir nie vergessen, Ture!"

Grypswold

Lyr

Moorbrüggen ist nicht mehr was es war, so ohne Brücke! Fische essen die Leute trotzdem weiter, um Ture ist mir nicht bange. Bloß, wo soll er sitzen, wenn ihm langweilig ist?

Ich habe alles gepackt, was ich zur Abreise benötige: Geräucherte Fische, so viele ich tragen kann, ein Kleid, einen Kamm, etwas Wegzehrung. Die Riemen der Kiepe schneiden tief in meine Schultern. Ich setze sie schnell wieder ab.

Ture kommt den Weg von Ingers Hütte herab geschlendert. Mit einem schnellen Blick erfasste er den Korb, den Proviant darauf, dann senkt er den Kopf und starrt auf unsere Füße.

„Lyr, du musst nicht fortgehen! Bleib doch beim Vater!"

Als ich nur stumm stehe, sieht er mich an, wird eifrig:

„Brauchst du nicht Geld? Soll ich dir vom Schatz holen?"

Ich muss kichern.

„Vom Schatz! Die paar Pfennige!"

Ich überlege kurz.

„Du kannst mich nach Grypswold begleiten. Über die Brücke wird ja wohl keiner mehr kommen."

Ture dreht sich um, die traurigen schwarzen Stümpfe grüßen über dem Wasser.

„Wir werden sie wieder aufbauen!"

Seine Antwort klingt eher lahm.

„Bringst du mich, oder bringst du mich nicht!"

Ture zuckt zusammen.

„Klar doch! Wann willst du aufbrechen?"

Ich würde am liebsten sofort losgehen, aber Abel und Ture hatten heute Morgen einen guten Fang.
„Nach dem Räuchern?"

Auf dem Schlachttisch glänzen die silbernen Bäuche der Fische. Ture schlitzt sie auf, Abel reißt die Innereien heraus, wirft sie in hohem Bogen in den Fluss. Die Möwen stoßen zu, nur kleinste Reste gehen unbeachtet unter.
Ich übernehme die fertigen Fische, spüle sie ab und tauche sie in den Eimer mit der kräftigen Salzlauge. Damit die Fische schön goldgelb werden müssen sie trocknen. Deshalb hänge ich Stück für Stück nebeneinander. Wie Wäsche hängen sie da!
Schweigend arbeiten wir uns durch den Fischberg. Als wir fertig sind, kommt Abel auf mich zu.
„Du willst uns verlassen?"
Mir schießen die Tränen in die Augen, ich schüttle den Kopf.
„Nein! Ich will Ture verlassen! Nicht dich! Abel?"

Ich umarme ihn. Sein Altmännergeruch, vertraut aus vielen Nächten steigt mir in die Nase. Ich wische mir die Augen trocken.

„Hoffentlich werde ich ohne dein Schnarchen einschlafen können!"

Abel drückt mich fest an sich. Dann wendet er sich ab, packt zwei Fische und geht zum Räucherofen.

Ture hebt den Korb an.

„Den wolltest du allein nach Grypswold tragen?"

Er schüttelt den Kopf über so viel Unvernunft. Aber er belässt es nicht dabei. Entschlossen steuert er den Katen an, nach einiger Sucherei kommt er mit einem Tragesack wieder heraus. Schnell packt er den Proviant und meine Kleidung in den Sack, reicht ihn mir zu.

„Das, liebe Lyr, ist alles was du tragen solltest!

Ich reiße ihm den Beutel aus der Hand.

„B-b---bin nicht deine liebe Lyr! Heb dir das Gesäusel für die Nächte auf!"

Ohne mich umzudrehen gehe ich los, den Beutel schwenkend. Vor Ingers Hütte spielt Oli im Sand, die Tür steht weit offen und aus dem dunklen Raum höre ich Ingers Stimme. Sie singt eine langsame Melodie. Eine schöne Stimme hat sie ja!

Oli dreht sich zu mir und streckt mir mit seiner kleinen schmutzigen Pfote einen Stock entgegen.

„Dock!"

Ich hocke mich neben ihm und streiche sein weiches Kleinkinderhaar. Über die Schulter sehe ich Tures gebeugten Kopf – wie ein Lasttier trägt er an den Fischen. Er hat die Kiepe bis oben hin befüllt!

Als er auf meiner Höhe ist, stehe ich auf und nebeneinander gehen wir durch das Dorf. Die Leute gehen ihrer Arbeit nach, keinen kümmert unser stiller Abmarsch. Keinen? Vor der Schmiede steht der Ombudsmann, er hebt die Hand, winkt und ruft.

„Denke immer daran, Lyr, deine Heimat ist hier! Ich wünsche dir kein Lebewohl. Komm wieder!"

Meine Kehle ist trocken, ich kann nur heftig nicken. Ture winkt mit der freien Hand ab, dann stapfen wir den Hang hinauf, das Dorf liegt hinter uns.

Ture

Die Nacht war kein Vergnügen. Wir gingen die Via Regia entlang, bis das Licht nicht mehr ausreichte. Unter einer gewaltigen Linde, den Kopf zwischen den Wurzeln, bezogen wir Lager. Kaum legten wir uns nieder, begannen Wölfe zu heulen, ein Fuchs raschelte und keifte in unserer Nähe. Die Tiere rochen wohl den Fisch!
Ich hätte Lyr gern ein wenig beschützend in den Arm genommen, doch schon, als ich ihr meinen Umhang über die Füße zog, trat sie nach meiner Hand. Also setzte ich mich neben sie und starrte in die Dunkelheit. Immer wenn das Rascheln zu nahe kam, knurrte ich leise und drohend. Das hielt das Raubzeug tatsächlich auf Abstand. Irgendwann muss ich eingeschlafen sein, bin einfach umgesunken! Als ich den Kopf hob, war es schon hell. Im Rücken spürte ich die Wärme Lyrs, die sich im Schlaf an mich presste. Auf den Wiesen neben der Straße grasten Hirschkühe. Sie kauten mit vollen Backen,

mein Magen begann sofort zu knurren. Das war nicht das leise Murren eines Fuchses, das war das wütende Grollen eines halb-verhungerten Wolfes!

Das muss sogar Lyr gehört haben, denn plötzlich kam ihr Kopf hinter meinem Rücken hoch. Sie wischte sich den Mund ab. Dann streckte sie sich, griff in ihren Proviantbeutel und hielt mir wortlos einen Kanten Brot hin.

Kauend sahen wir zu, wie die Hirschkühe ohne Eile im Wald verschwanden. Ab und zu blieben sie noch stehen, dann zuckten ihre Felle und die Schwänze wedelten, um die Mücken zu verjagen.

Lyr ging ebenfalls in den Wald, hob ihren Umhang an und ich sah ihren jugendlichen braunen Körper. Wenigstens unten herum. Ihr Strahl: wie ein Gewitterguss!

Die Frauen. Warum müssen sie so absolut sein? Als ob wir nicht alle von unseren Fischen satt werden könnten!

Gegen Mittag erreichten wir die Stadt. An der Straße arbeiteten viele Tagelöhner, sie drehten sich nach uns um. Nach uns? Wohl eher nach Lyr, die ausschritt, als wären wir gerade erst losgegangen!

Ich stellte die Kiepe am Ende der Baustelle der neuen Straße neben uns ab, im Handumdrehen umringten uns die Tagelöhner. Nach kurzen Verhandlungen kauten die Männer mit vollen Backen den saftigen Fisch. Es war verrückt: in kürzester Zeit war die Hälfte der Fische verkauft, viel schneller, als das Räuchern dauerte! Das muss Lyr auf die Idee mit dem Nachschub gebracht haben. Zwei Jungen sollen zweimal die Woche nach Grypswold laufen, ich soll den Nachschub bereitstellen!

Fisch und Karneol

Lyr

Grypswold verblüfft mich immer wieder. Unser Aufenthalt an der Saline ist nicht so lange her, doch schon hat sich der Ort wieder verändert. Das Schönste sind die Häuser: Auf den Steinsetzungen der Fundamente ruhen dicke Balken, deren Zwischenräume mit Lehm ausgefacht sind. Ein Glück, dass uns Arne begegnet. Er lädt uns ein, ihm in das Haus seines Vaters zu folgen.

Ture sieht Arne an, als wollte er ihn würgen, aber das ist mir völlig egal! Soll er sich ruhig Gedanken machen.

Arne zeigt mir die neuen Häuser, und wo die begonnene Straße entlang führen soll. Sie wird den Hafen, an dem ebenfalls gearbeitet wird, mit dem Marktplatz verbinden.

Arne sticht mit einem Stock in den Boden, beugt sich etwas darüber und weg ist er. Nur eine Handbreit schaut noch aus der Erde.

Es ist Sumpfland, auf welchem Straße und Hafenanlagen errichtet werden, wie in Moorbrüggen! Der Marktplatz selbst jedoch ist trocken, denn er liegt erhöht. Vom Hafen bis zum Markt sind es nur wenige Schritte. Den Salzspeicher auf der anderen Seite der Hilda kennen wir schon, nicht jedoch, was sich am diesseitigen Ufer abspielt: Haus reiht sich an Haus, je näher wir dem Marktplatz kommen, umso stattlicher werden sie. Der Lehmverputz leuchtet freundlich. Die Häuser kurz vor dem Markt sind mit Kalk geweißt!

Dann weitet sich der Platz, der Boden ist nicht mehr mit Bohlen belegt, sondern flache Steine fügen sich dicht an dicht. Ob es wohl jedem so geht wie mir? Immer wenn ich den Platz betrete, freue ich mich.

Zwar war der Markt in der Jaromarsburg eben und fest, doch bei Regen verwandelte er sich in eine elende Rutschbahn. Am besten betrat man sie zu zweit oder von einem Stock gestützt. Manch

Besucher setzte sich unfreiwillig in den Schlamm. Die Kinder freute es, sie zeigten hämisch auf die Ausgerutschten, ihr Gejohle schallte in regelmäßigen Abständen über den Platz. Mit dem schnellen Aufstehen war das so eine Sache: Zu manch nassem Hintern gesellte sich zusätzlich ein durchweichter Bauch, wenn beim Aufstehen die Füße einfach wieder wegrutschten. An der Lautstärke und der Wiederholung des Gebrülls konnten die Marktbesucher erkennen, wie sich der Leidensweg des Gestürzten gestaltete: Ein kurzes Johlen – der Ausgerutschte kam sofort auf die Beine, mehrfache anfeuernde Brüller mit Steigerung zum begeisterten Geschrei – der Sturz wiederholte sich, der Unglücksrabe kam nur schwer wieder hoch. Auf die Idee, dem Gestrauchelten zu helfen, kam höchstens ein unmittelbarer Begleiter. Alle anderen weideten sich nach Kräften am Unglück ihres Gegenübers.

Diesmal überqueren wir den Markt, denn Arne führt uns zu einem der Häuser an der Südseite. Ture stellt die Kiepe im Schatten ab, als Arne den Türklopfer betätigt.

Dumpf hallt es aus dem Haus, das wie eine kleine Burg mit fest verschlossener Tür vor uns liegt.

Ich strecke die Hand aus und streiche über die kunstvollen roten Steine, die links und rechts der Tür einen vorkragenden Bogen bilden.

Eine kleine Luke öffnet sich, ein misstrauisches Auge begutachtet Ture und mich. Als Arne jedoch in das Sichtfeld tritt, klappt die Luke zu und das Tor öffnet sich einen Spaltbreit.

Arne drückt sogleich gegen die Tür, das kleine Männchen dahinter wird einfach zur Seite geschoben. Arne baut sich vor dem Diener auf.

„Du, Hannes, ist der Vater daheim?"

Hannes schüttelt den Kopf.

Arne tritt einen Schritt vor, dreht sich zu uns und zeigt eine Treppe hinunter, die an einem schummrigen Eingang endet.

„Stell die Kiepe unten vor die Tür. Da steht der Fisch kühl! Ich werde den Keller nachher aufsperren."

Hannes tänzelt auf seinen dünnen Stockbeinchen auf der Stelle, bis ihn Arne anfährt.

„Was trippelst du, willst du unseren Gästen nichts anbieten?"

Der kleine Mann verneigt sich, verschwindet in der Tiefe des Hauses. Arne reckt sich.

„Musst du den Mann so anfahren?"

Arne sieht mich verblüfft an, bevor er antwortet.

„Den Hannes? Klar, den muss ich jagen, sonst steht der nur und wartet auf Anweisungen!"

Das Tappen des Dieners hallt im Korridor, er trägt einen Teller mit drei kleinen Bechern. Arne nimmt einen, dann fordert er uns mit einer kleinen Geste auf, ebenfalls zuzugreifen.

„Auf gute Geschäfte in Grypswold. Wann reist ihr wieder zurück?"

Ture kippt den Wein in einem Schluck hinter.

„Frag sie, ich gehe gleich wieder los!"

Er dreht sich um, wir sehen ihn mehr oder weniger verblüfft die Treppe herabsteigen.

„Tja, Arne, ich will hier in Grypswold bleiben. Weißt du eine Unterkunft für mich?"

Hannes dreht seinen Kopf zur Seite, seine blauen Augen taxieren mich.

„Du kannst im Armenhaus übernachten, auch im Kloster werden gegen Hilfsdienste Schlafstätten angeboten."

Arne schiebt sich zwischen Hannes und mich.

„Unsinn. Du kannst oben in der Kammer schlafen!"

Oben? Ich schaue fragend.

Arne nimmt mir den Beutel aus der Hand, neben der Kellertreppe beginnt der Aufstieg. Eine steinerne Treppe führt in die oberen Stockwerke! Nach einigen Stufen wendet die Treppe, ein schmaler Durchblick erlaubt die Sicht auf den Markt. Drei solcher Wenden absolviert die Treppe, dann führt ein Gang in die Tiefe des Hauses, links und rechts befinden sich Türen. Arne stößt die zweite Tür auf, zeigt in den Korridor.

„Das waren die Kammern der Mägde. Sind aber alle leer! Du kannst hier bleiben, solange du willst."

Bleibt natürlich die Frage, wie sein Vater zu meinem Einzug steht.

„Bist du der Besitzer des Hauses?"

Arne läuft ein wenig rot an.

„Schön wäre es. Also, leider nein, mein Vater ist der Besitzer! Du siehst, Salzhandel lohnt sich. Er verkauft allerdings auch andere Sachen."

Unentschlossen stehe ich vor der Kammer. Die Fensterläden sind weit aufgesperrt, die Sonne beleuchtet ein Bett, davor einen kleinen Tisch. Als Arne mein Zögern bemerkt, tritt er an die Treppe zurück.

„Ich geh dann wieder runter. Überleg es dir in Ruhe. Ich warte auf dich, unten im Saal. Das ist der erste Raum neben der Kellertreppe."

Weg ist er, den Beutel hat er auf dem Bett abgelegt.

Die Kammer ist bei weitem nicht so groß, wie die Hütte in Moorbrüggen. Mit zwei, drei Schritten bin ich am Fenster. Die Sonne wärmt das Dach, im Nest gegenüber zwitschern die Schwalben. Ich lege mich auf das Bett, ziehe das Kissen unter dem Kopf hervor und schnuppere. Das Kissen riecht nach dem fremden Haus, aber nicht unangenehm. Ich blinzle mit den Augen, in den Sonnenstrahlen taumeln

Stäubchen. Vom Markt aus dringen die Stimmen der Händler und ihrer Kunden herauf. Ich raffe mich auf, muss doch die restlichen Fische verkaufen.

Vorsichtig steige ich die Treppe hinunter, hole den Korb vor der Kellertür herauf.

Ich klopfe an die Tür des Saales, Arne sieht kritisch auf den Korb.

„Willst du wieder gehen?"

Ich schüttle den Kopf.

„Nein, ich muss die restlichen Fische verkaufen. Wenn Ture morgen die neue Lieferung losschickt, sitze ich womöglich noch mit der alten da. Wenn der Markt schließt, komme ich zurück. Einverstanden?"

Arne strahlt mich an.

„Ja, ich bin einverstanden, und wie! Bis gleich!"

Der Marktmeister weist mir einen Platz am Fischmarkt zu. Die meisten der Händlerinnen sind schon ausverkauft, einige der Fische bekomme ich noch los. Gut, dass wir sie in leinene Tücher gepackt haben, sonst wären sie bestimmt schon ausgetrocknet. So aber sehen sie noch leidlich frisch aus. Als keine Kunden mehr kommen, packen die Händlerinnen ihre restlichen Waren zusammen. Ich habe es einfach – das Tuch über den Korb und schon geht es zurück zu Arnes Haus. Ein Stand fällt mit ins Auge: der Händler, ein dicker Mann mit einem hohen Hut sitzt mit verschränkten Händen, als hätte er alle Zeit der Welt. Muss er nicht packen? Verdirbt seine Ware nicht? Die Früchte leuchten golden. Doch als ich näher komme, sehe ich, das sind keine Früchte, das sind Steine. Ich nehme einen in die Hand. Warm schmeichelt die glatte Oberfläche des Steines meiner Haut. Der Dicke steht auf.

„Das ist Karneol. Der Stein kommt weit aus dem Osten! Gefällt er dir? Sieh ihn dir ruhig an. Schön, nicht wahr?"

Als ich den Stein gegen die Sonne halte, leuchtet er warm, weiße Schlingen ziehen sich wie Wolken durch die milchige Tiefe. Ja, den Stein hätte ich gern.

„Was soll der Stein denn kosten?"

Der Dicke setzt sich wieder hin. Er winkt ab.

„Ist doch nichts für dich!"

Ein ausgefuchster Kerl! Ich kaufe den Stein für zehn Pfennige.

Auch Perlen hat der Dicke im Angebot. Sie sind aus Amethyst, Bergkristall, Glas. Kein Wunder, dass der Mann die Ruhe weg hat – seine Ware kann nicht verderben.

Ob ein Eisendorn geeignet ist, den Stein zu durchbohren? Dann könnte ich ihn um den Hals tragen. Als ich in meine Kammer zurück bin, ist mein Bauch von Arnes Wein gut gewärmt. Er hat mir einen rostigen Dorn gegeben. Mit diesem Nagel sitze ich am Tisch, halte den Stein gegen das letzte Licht und kratze schließlich quer zu den Eintrübungen einen kleinen Kreis in den Karneol. Bis ich auf diese Weise den Stein durchbohrt habe, ist das Jahr vorüber. Ich muss ein härteres Material finden!

Ture

Derr Fischfang läuft gut. Die Jungs haben ihren Spaß daran, nach Grypswold zu laufen. Sie drängen sich um mich, jeder will die Stadt sehen und ich muss darauf achten, dass nicht immer dieselben Kinder den Transportlohn verdienen.

Trotzdem reichen die Fische nicht, der Hunger der Straßenarbeiter ist gewaltig. Sie haben inzwischen schon etliche Kiepen leergegessen! Mir soll es recht sein, der Beutel im Sandsee ist wieder prall gefüllt. Dieselbe Anzahl Münzen ruht bei Lyr in der Kammer. Ich sollte wohl besser sagen, in Arnes Speicher.
Diese Kaulquappe, dieser Stichling!
Ich habe den Braten gleich gerochen, als er Lyr in der Treidlerhütte fütterte! Schade, dass ich den Kerl nicht gleich dort ins Feuer geschmissen habe.
Die Brücke haben wir notdürftig repariert. Es ist mühsam, doch möglich, die Waren wieder trocken auf die andere Flussseite zu bringen. Das geht so: Die Kaufleute kommen zu Fuß über die behelfsmäßigen Bohlen zu uns. Sie wollen nicht

wieder umkehren, dafür sind sie viel zu lange unterwegs. Wir bieten ihnen an, gegen Lohn alles abzuladen und einzeln über die schwache Konstruktion zu tragen. Es hat noch keiner abgelehnt. Die Tiere müssen schwimmen, die Wagen ebenfalls. Ein Gewusel gibt das jedes Mal!

Moorbrüggen jedenfalls lebt. Es wächst nicht so schnell wie Grypswold, aber der Bauch Ingers – der wächst!

Auftrag ist Auftrag

Jaromar

Die verbrannte Brücke wird weder Waldemar zufriedenstellen noch Bogislaw besonders beeindrucken. Trotzdem, ich habe richtig gehandelt. Es wäre töricht, das eigene Land zu verheeren. Die Pommernburg lag wie verlassen, als wir am Abend in Richtung Rugia fuhren. Doch unter den Wolken brach ein letztes Mal die Sonne hindurch und zwischen den Zinnen blitzten verräterisch die Spitzen der Pfeile, die auf uns gerichtet blieben, bis wir außer Reichweite waren. Weiter nördlich nahmen wir die Reiter, die Moorbrüggen von der Landseite abriegelten, wieder auf.

Nun liegen wir in Sichtweite der Pommernburg vor Anker. Ich stütze mich auf die Reling, Gemurmel zieht über die Bucht, die Pferde prusten leise.

Was soll ich tun?

Wedego hat sich an den Mast gelehnt, sein Kopf ist zur Seite gesunken. Er schläft mit offenem Mund. Wie würde er mir raten, geradlinig wie er ist?

Es ist in dem Falle ganz einfach: ich werde dem Befehl Waldemars Folge leisten müssen.

In der Ferne leuchtet ein einsames Licht auf der See. Ein Fischer, dessen Laterne die Fische anlocken soll? So verloren wirkt das kleine Licht vor dem dunklen Meer. Und doch sitzt dort ein Mensch, der, wie ich, in die Dunkelheit starrt. Auch er unter Schmerzen geboren, an warmer Brust genährt, von schützender Hand wieder auf die Beine gestellt. Auch er getröstet und belehrt. Auch er ein Herr über Leben und Tod!

Nein, seine Entscheidungen betreffen den Tod der Kreaturen des Meeres, meine die seiner Nächsten. Die Listen sind mir lieber, mit einem Lachen denke ich an die verblüfften Gesichter der Belagerer, als die Tore der Jaromarsburg offen standen. Ja, das nenne ich einen Wettstreit: Der Bessere wird siegen! Und ich habe gesiegt: Mein Lehensbereich ist gewachsen, ich habe eine Frau, die mir Söhne schenken wird.

Das Gemetzel, das sinnlose Abschlachten der Leute jedoch, das hasse ich von Herzen! Sicher, als Herzog wird Bogislaw eine Schlappe erleiden, wenn wir seine Untertanen töten. Seine Reaktion ist so vorhersehbar. Auch er wird wieder zu den Waffen greifen und die Gebiete Waldemars oder meine verheeren. Das ist der Krieg der Geradlinigen: Auge um Auge, Zahn um Zahn. Wir werden den Krieg auf dem Rücken der kleinen Leute führen, bis die kleinen Leute aus-gerottet sind.

Gibt es keine andere Lösung? Könnte meine Verweigerung dem Krieg Einhalt gebieten?

Ich streiche mir den Bart. Ich glaube, das würde nichts ändern, gar nichts, denn ein neutrales Rugia würde sowohl von Waldemar als auch von Bogislaw verheert werden.

Mein Blick sucht das Licht auf der See, ich starre und starre. Es ist verschwunden.

Jetzt muss ich schlafen, denn morgen sollen durch mich viele Menschen sterben.

Auftrag ausgeführt

Bischof Konrad, ein Mann in den besten Jahren, verfolgte mit einem gewissen Neid die vergangenen Anstrengungen Waldemars, des Königs der Dänen, die Insel Rugia westlich seines Bistums mit Kirchenneubauten zu versehen.

Ihm selbst blieb verwehrt, was den törichten Heiden im Westen unverdienterweise geradezu in den Rachen geworfen wurde: Ein Sakralbau, eines Bischofs würdig!

Der Bischof hat die Nase gestrichen voll. Nicht nur, weil ein dauerhafter Frieden mit den Dänen in weiter Ferne scheint, nein auch, weil sich hartnäckig die alten Irrglauben der Pommern mit denen der christlichen Schafe seiner Herde mischen.

Er atmet tief durch, als er an seine Konkurrenz im Bistum zu Magdeburg denkt, die seinen mangelhaften Amtssitz zum Anlass nimmt, ihm den Bischofssitz zur Gänze abspenstig zu machen.

Als Konrad jedenfalls die anrückende Armee Jaromars aus den Fenstern der Jomsburg bemerkt, denkt er nicht an Krieg und Gewalt.

Die Stadt Jumne ist bekannt für ihre Toleranz, ihre Weltoffenheit: Barbaren leben neben orthodoxen Christen, und Neuansiedler aus Sachsen unterstützen ihren christlichen Bischof, wo sie können.

Jumne ist Umschlagplatz für alle Waren aus dem Norden, die auf Schiffen die Insel Wollin erreichen können. Die Menschen sind freundlich und offen, ihre Gastfreundschaft ist legendär. Und so sehen auch die Bürger der Stadt keine Bedrohung, als die Männer Jaromars in aller Seelenruhe ihre Reiterei im Hafen am Rande der Stadt Jumne zu Land bringen.

Der letzte Überfall durch die Dänen liegt vier Jahre zurück. Die Reiter, die in aller Ruhe ihre Waffen vorbereiten, sind keine Dänen, es sind Slawen, wie sie!

Jeder der Reiter zündet sich eine Fackel an der Bordlaterne seines Schiffes an. Am hellen Tag Lichter? Was soll das?

Die Hafenarbeiter stehen mit verschränkten Armen. Am Kai bleiben ausreichend Wachsoldaten zurück, lose hängen die Schwerter in den Händen, Schilde werden aufmerksam vor der Brust gehalten. Die Wache wird die Schiffe vor dem Schicksal schützen, welches der Fürst der Stadt zugedacht hat. Jumne soll brennen!

Denn Jaromar hat den Befehl ausgegeben, die Menschen zu schonen. Er will die Quadratur des Kreises, seine Landsleute sollen am Leben bleiben und trotzdem muss der Befehl des Königs Waldemars, das gesprochene Gesetz des Lehnsherrn, erfüllt werden!

Die Flammenreiter ziehen ohne Hast ihre Formation weit auseinander. Die Brände ihrer Fackeln senden rußige Wolken in die Luft.

Bischof Konrad steht hinter den Zinnen und fragt sich, was wollen diese Fremden? Steht ein Angriff bevor? Seine Wächter halten die Bögen bereit. Doch wen sollen sie treffen?

Die Reiter entfernen sich mehr und mehr, die Lichtpunkte ihrer getragenen Feuer verschwinden in der Ferne. Jumne ist langezogen, das Ufer der Dievenow bildet den Naturhafen der Stadt. Es erfolgt kein Angriff auf die Burg, und hilfesuchend wenden sich die Augen der Wächter, ihren Befehlshaber, den Bischof, zu suchen.

Der zuckt die Schultern, war wohl nichts!

Plötzlich wendet die fremde Reiterei.

Als die ersten Rufe ertönen, laufen die Gaffer am Hafen los.

Sie laufen so schnell sie können, aber das Feuer ist ihnen weit überlegen. Ein Haus nach dem anderen brennt, die Rohrdächer gehen wie Sommersonnenwendefeuer in Flammen auf. Schilfrohr fliegt, brennenden Pfeilen gleich, von der Glut der Dächer getragen, entzünden sie die Nachbarhäuser, die Schuppen, die Ställe…

Tiere brüllen, die Besitzer reißen Türen und Verschläge auf.

Kleinkinder, Kranke und die ganz Alten werden aus den Häusern ins Freie getragen, heraus aus der tödlichen Glut.

Lange schon steht keiner mehr am Hafen und gafft.

Dafür bilden sich Ketten von Menschen, die eimerweise das Wasser aus der Dievenow schöpfen. Einige Reiter setzen an, die Ketten zu zerschlagen, aber Jaromar reitet mit finsteren Blicken auf die Männer mit den erhobenen Schwertern zu, sein Befehl schallt laut über den Platz:

„Lasst sie!"

Die Pferde der Krieger tänzeln um ihren Fürsten.

„Lasst sie! Sie können nichts tun!"

Das Schicksal Jumnes ist besiegelt. So zielstrebig wie die Reiter die Brände brachten, so planmäßig und ruhig ziehen sie sich wieder zurück. Die Bootsmänner ihrer Schiffe holen die Taue ein. Ein sanfter Nordostwind schiebt die Schiffe in Richtung des Haffs. Der Abend kommt, Jumne brennt und brennt. Stumm stehen die Männer an den Bordwänden der Schiffe. Sie hören das Brausen des Feuers, das Zusammenstürzen der Gebäude, und ab und zu klingen verzweifelte Schreie aus der brennenden Stadt.

Die Jomsburg nimmt nur geringen Schaden, aber dem Bischof Konrad ist nun eines klar: Ohne Kirche mag er sein Bistum gerade noch so halten können, ohne Stadt jedoch nicht. Er beschließt in dieser Nacht, den Bischofssitz von Jumne nach Cammin zu verlegen. Damit ist das Schicksal der Stadt besiegelt, Jumne ist endgültig untergegangen.

Uhl und Nachtigall

Wie jeden Morgen streckt sich Lyr kurz, bevor sie die Decke zurückschlägt, an das Fenster der Kammer tritt und die Läden der Luke weit aufstößt. Sie hat inzwischen gelernt, wie die Härte des Karneols zu besiegen ist.

Unfreiwilliger Wegbereiter dieses kleinen Erfolges war Arne, der ihr stolz die Schmieden der Stadt zeigte. Besonders beeindruckte Lyr das Härten des Stahls. Mächtige Dampfwolken zogen durch die kleine Werkstatt, als der Schmied bei ihrem Eintreten eine armlange Klinge in das kalte Wasserbad tauchte.

Bereitwillig gab er Auskunft, dass der Stahl, den er zuvor durch stundenlanges Falten und Schlagen verdichtete, durch das schnelle Abkühlen ganz wunderbare Eigenschaften erreicht. Der Stahl ist danach hart und trotzdem noch biegsam, jedenfalls wenn er ihn abkühlt.

Mit einer Handbewegung verwies der Meister auf seinen Gesellen. Bei dessen Art des Abkühlens kämen nur spröde Stücke heraus. Die wären allerdings ebenfalls gut zu gebrauchen, denn Stangen, deren Spitzen spröde gehärtet sind, eignen sich für das Abspalten von Steinsplittern. Sie sind bei den Steinschlägern heiß begehrt.

Als der Schmied den Stahl gereinigt hatte, hielt er Arne die unscheinbare grauschwarze Klinge entgegen.

„Was meinst du Arne, wie viel wird dein Vater dafür bezahlen?"

Arne wog die Klinge in der Hand.

„Zehn Taler?"

Der Schmied strich mit seinen harten Fingern fast zärtlich über die raue Oberfläche, nahm sie Arne aus der Hand. Dann band er sich die Schürze ab, warf sie achtlos über den Amboss.

Lyr zog einen handlangen Eisendorn aus dem Stapel kleinerer Metallstücke auf der Werkbank.

„Ob sich dieser Dorn ebenfalls mit einer gehärteten Spitze versehen lässt?"

Der Schmied krempelte die Ärmel hoch, griff mit beiden Händen in eine Schüssel und spritzte sich Wasser ins Gesicht.

„Wozu brauchst du einen gehärteten Dorn, hä?"

Lyr grub in der Tasche ihres Umhanges, dann holte sie den Mondstein hervor. Die kreisförmige Kerbe war inzwischen deutlich sichtbar.

„Ich reibe und reibe, aber ich komme mit dem Loch in meinem Stein nicht vorwärts!"

Der Schmied nahm ihr den Stein aus der Hand, drehte ihn, hielt ihn gegen die Glut des Schmiedefeuers.

„Ein schöner Stein. Willst du ihn dir umhängen? Ich härte dir einen Dorn."

Wieder drehte er den Stein hin und her.

„Ich kann ein gehärtetes Stück Stahl quer anschmieden, dann kannst du den Dorn drehen. Die Klingen werden sich in den Stein fressen!"

Lyr nimmt den Mondstein von der Fensterbank. Sie dreht ihn im Licht, fühlt die glatten Kanten des Durchstiches. Dann legt sie den Stein lächelnd zurück. Sie kann Karneol durchbohren!

Das Tor des Hofes öffnet sich mit Getöse. Ein Fuhrwerk rumpelt auf den Hof. Arnes Vater Wenzel ist zurück. Längst sind Lyr die Stufen zum Erdgeschoss vertraut, mit schnellen Trippelschritten fliegt sie die steinernen Treppen hinunter zum Hof. Hannes hält die Pferde, Arne steht auf dem Platz, neigt den Kopf. Wenzel wirft dem Sohn einen voluminösen Sack in die Arme.
„Bin ich ein Fürst, ein Herzog? Fass an, Junge, ich habe Waren über Waren auf dem Wagen!"

Lyr

Wie ein braver Untertan steht Arne, bis ihn der Seesack des Vaters bald umwirft. Arne! Wie oft hat er an meiner Tür gekratzt, wie oft klang das Spiel seiner Flöte verlockend auf dem Hof. Großer Mann, mit Preisansagen für den Schmied und kleiner Junge im Angesicht Wenzels? Seinem Vater gehören die Schiffe, sein Name zeugt stolz von der Herkunft: Wenzel ut Grypswold. Sogar die Leute in Moorbrüggen kennen ihn.

Wenzel ist der sagenumwobene Kaufmann mit dem Sinn für das schnelle Geschäft. Kaum war die Brücke zerstört, kreuzten seine Kauffahrer in Moorbrüggen auf, die Waren dort in Empfang zu nehmen. Ladungen aus Wismar übernahm er und fuhr sie nach Jumne, umgekehrt kamen die Dinge aus dem nördlichen Ostseeraum durch ihn schneller nach Wismar. Ein unsteter Mann, ein Zugvogel, stets nur auf kurzer Rast am Markt in Grypswold.

Er dreht sich nach hinten, zieht einen Korb an die Fuhrmannsbank.

„Jumne ist abgebrannt! Das hat euer Freund Jaromar getan!"

Er hebt den Deckel vom Korb. Mir schießt die Wut in den Körper:

„F-F---Fürsten sind nicht unsere F-F---Freunde!"

Wenzel sieht mich erstaunt an, dann winkt er ab.

„Egal! Wat den een sin Uhl, is dem ünnern sin Nachtigall! Schau nur, Lyr, ein ganzer Korb voller Bernsteine!"

Arne gibt es einen Ruck – er kann nicht genug bekommen von den Schilderungen der brennenden Stadt. Und Wenzel erzählt seinem Sohn wieder und wieder, wie die Reiter durch die Stadt zogen, wie alle Häuser brannten, jedoch kein Mensch verletzt oder getötet wurde.

Leise bin ich mit einer Hand voller Steine in meine Kammer gegangen. Der Bernstein leistet weit weniger Widerstand, als der harte Karneol. In kurzer Zeit habe ich zehn der größeren Stücke blank geputzt und mit zwei kleinen Löchern versehen. Ich knüpfe drei der Bernsteine an meinen Umhang; sie lassen sich ohne weiteres durch die groben Maschen der Wolle schieben. Schön leuchtet das warme Rotbraun auf der unscheinbaren Wolle, obendrein sitzt mein Umhang ohne das aufwändige Einfädeln der Schließe.

Kaum ist der letzte Wagen auf den Hof gerumpelt, ist es Abend. Die Waren sind im Speicher verstaut, Ruhe zieht ein. Stolz steige ich die Stufen hinab, ich kann meinen Blick nicht von den prächtigen Steinen lösen. Aus dem Saal dringen die murmelnden Stimmen der Männer.

Als ich den Raum betrete, wenden sich mir die Köpfe zu. Das Silber meiner Schließe glänzt im warmen Licht der Leuchter, die Bernsteine glimmen dazu geheimnisvoll.

Langsam nimmt Wenzel einen tiefen Schluck aus seinem Becher. Arne starrt und starrt.

Ich raffe mein Haar, ziehe es über die Schultern nach hinten, so dass alle Steine gut zu sehen sind.

Wenzel schluckt, wischt sich über den Mund und die Au-gen.

„Das, lieber Sohn, ist etwas anderes, als dein Plan mit den Schwertern!"

An diesem Abend saßen wir noch lange zusammen. Mit glühenden Augen malte uns Wenzel aus, wie er mit meinen Bernsteinschließen den Wollwebermarkt aufmischen wird.

Arne

Lyr hat uns die Sprache verschlagen. Das ruppige Mädchen ist eine Frau geworden. Und was für eine! Als sie den dämmrigen Raum betritt, sind meinem Vater bald die Augen aus dem Kopf gerollt. Jedenfalls spielte mein Plan, die auf Rache versessenen Pommern in Jumne mit guten Schwertern aus Grypswold zu versorgen, plötzlich keine Rolle mehr.

Und doch: die Händler und Handwerker in Jumne sind weder beraubt noch getötet worden, wie werden sie nach Waffen gieren! Ich werde eine gute Ladung von Beschlägen, Nägeln und, natürlich, Waffen, bestellen. Ich werde alles, was in Grypswold zu haben ist nach Jumne bringen. Es wäre doch gelacht, wenn dieses Geschäft nicht das Geschäft meines Lebens wird!

Die Finger Wenzels huschen wieder und wieder zu den Schließen, und lachend zeigt ihm Lyr, wie die länglichen Steine durch die Wollmaschen schlüpfen.

Dieses Weib! Mein Vater lacht mit ihr, trinkt, meinen Plan zur Waffenlieferung scheint er völlig vergessen zu haben.

Sollen die Beiden ihren Tand aus Bernstein fertigen. Wer braucht schon Bernsteinschließen in dieser Zeit der Flammen und der Kriege? Was nützt es dem Bauern, wenn der Umhang gut sitzt, die Hütte aber brennt?
Gut, ein Bauer wird sich kein Schwert leisten können, doch eine gut geschmiedete Axt hat schon manchem unvorsichtigen Soldaten den Weg in den Himmel geebnet!
Mein Vater wendet sich mir zu.
„Sieh nur, Junge, der Umhang sitzt mit einem Griff!"
Da steht der Narr, den Umhang Lyrs über den Schultern, den Kopf geneigt und fummelt die Steine durch ihre Ösen.
Lyr jedoch sieht aufmerksam zu, aufgerichtet, mit geradem Rücken. Hannes bringt ihr einen Becher, sie setzt an, trinkt den Wein wie Wasser.
Ob sie mich heute einlässt?

Ich greife die Kanne und gieße frischen Wein in unsere Becher.

Wohngemeinschaft

Lyrs Kopf ist auf die Platte des Tisches gesunken, ihr Arm ist ihr Kissen und das lange blonde Haar hängt bedeckt wie ein Vorhang ihr Gesicht. Die Flammen der Leuchter flackern, die Augen der beiden Männer ruhen auf der jungen Frau. Wenzel nimmt versonnen einen Schluck aus seinem Becher.

„Was sollen wir nur mit ihr anfangen? Seit dem Tod deiner Mutter hat keine Frau mehr im Haus gewirtschaftet. Willst du sie als Magd beschäftigen?"

Dann sieht er seinem Sohn in die Augen, bis dieser beginnt, aus einer kleinen Weinpfütze heraus Kreise auf der dunklen Holzfläche des Tisches zu zeichnen.

„Ich habe sie auf der Salztour kennengelernt. Wir haben getanzt, unten an der Mündung, in der Hütte bei Martha, du weißt… ."

Der Vater greift über den Tisch hinweg nach der Hand Arnes.

„Hast du mit ihr geschlafen?"

Arne zieht die Augenbrauen zusammen.

„Sie hat einen Fischer als Freund."

„Hast du, oder hast du nicht?"

Arne schüttelt den Kopf. Als er die Augen hebt, sieht er das Blitzen der Flammen in den Pupillen Wenzels. Der Vater lächelt, wie Strahlenkränze gehen die Falten von seinen Augenwinkeln aus.

„Ich habe es versucht, wieder und wieder. Sie lässt mich nicht."

„Lässt mich nicht – was soll denn so was! Pass auf, heute ist dein Tag! Lyr ist fertig. Ich lege sie dir ins Bett und du legst dich dazu!"

Wenzel schiebt den Stuhl zurück. Vorsichtig schiebt er einen Arm unter Lyrs Kniekehlen hindurch. Vorsichtig dreht er den Körper der Schlafenden so, dass ihm der Oberkörper in den anderen Arm gleitet. Ihr Kissenarm sinkt herunter, ihr Kopf sucht Halt an seiner Schulter.

Zärtlich sieht er in ihr ruhiges Gesicht, zeigt mit dem Kopf zur Treppe.

„Geh, mach die Türen auf."

Arne huscht voraus, den Leuchter in der Hand, beleuchtet sorgsam die Tritte des Vaters mit seiner kostbaren Fracht.

Arne schlägt das Deckbett zurück und Wenzel legt Lyr langsam auf das Bett. Er streift ihr die Schuhe ab, nimmt kurz die kleinen Füße in seine großen Hände. Seine tonlose Stimme füllt den Raum.

„Sie hat kalte Füße, die Kleine. Wärm sie gut!"

Wieder strahlen die Falten an seinen Augen. Arne nickt beflissen, Wenzel strubbelt ihm die Haare.

„Gute Nacht, ihr Beiden."

Lyr wälzt sich herum, zeigt den Männern ihren Rücken. Skeptisch hält Arne den Kopf schräg, als Wenzel leise die Tür hinter sich schließt. Unentschlossen setzt er sich auf die Bettkante, zieht sich das Hemd über den Kopf. Die Kälte steigt seine Beine empor, er zieht die Beine an, lässt sich nach hinten neben das Mädchen sinken. Arne dreht sich auf die Seite, sucht mit seinen Füßen die Wärme der jungen Frau. Ihre sind nicht mehr kalt und dankbar registriert er, dass Lyr ihn nicht von sich stößt.

Da liegt er, hört die gleichmäßigen Atemzüge der Schlafenden und starrt Löcher in das Dunkel. Ob er die Hand unter ihr Hemd schiebt? Mit einigen Bewegungen verringert er den Abstand zwischen Lyrs Hintern und seiner jetzt mächtig angeschwollenen, bis sein harter Schwengel zwischen ihren Hinterbacken ruht. Zufrieden sinkt seine Hand auf ihre Hüfte, orange und rote Kreise rasen hinter seinen Lidern durch das Dunkel. Er reißt die Augen auf, hebt den Kopf an, presst sich fester, gieriger an Lyr und schiebt die Hand nach vorn auf ihren Bauch. Ihre Linke greift zu, verschlafen murmelt sie: „Ture? Hör auf…"

Kaltes Wasser hätte wohl etwa dieselbe Wirkung hervorgerufen: In Arnes Kopf wird es ruhiger, seine aktive Mitte wird sanft und weich. Resigniert sinkt er auf das Kissen, sämtliche Körperspannung geht dahin, der Schlaf kommt. Kurz schreckt er nochmals auf, denkt an den Morgen danach. Ob ihm Lyr diesen Streich des Vaters verzeihen wird?

Lyr

Ture hat wieder kalte Füße. Warum schläft er heute nicht im Kanu? Was will er überhaupt von mir, soll sich bei Inger holen, was er braucht... .
Langsam dreht sich ein großes Rad, lauter Köpfe schauen mich an. Wenzel lacht, als er mir den Umhang zuwirft.
„Zieh dich warm an, Kleine!"
Ich sehe die Bernsteinschließen, versuche, sie durch die Löcher zu stecken, doch sie sind alle viel zu groß!
Tures Kopf zieht vorbei, aus der Dunkelheit fliegen mir Fische entgegen.
„Brauchst mehr Fisch? Ich gebe dir Fisch!"
Ein riesiges Vieh gleitet aus der Mitte des Rades. Wie ein Berg liegt es mir vor den Füßen. Plötzlich habe ich den Karneolbohrer in der Hand.
Jaromars Kopf scheint auf, ein Schwert schwebt heran.
„Wenn du den Fisch zerlegt hast, denk an deine Eltern."

Ein Kichern ist zu hören, ein dröhnendes Lachen. Abels Kopf taucht aus der Dunkelheit auf, er fuchtelt mit den Händen:
„Das Lebensboot ist voll!"
Ich halte ein gewaltiges Filet in den Händen, Arnes Kopf dreht heran, reißt mir den Umhang weg. Jetzt stehe ich nackt vor dem Rad, eine Hand streicht mir den Bauch. Das ist angenehm. Ich unterstütze das Streicheln, die Hand beginnt zu drücken. Sie drückt und drückt... .
Rasch setze ich mich auf, beuge mich über die Bettkante, taste nach meinem Topf. Neben mir schnarcht Ture. Ture? Ich finde den Topf nicht. Das ist nicht mein Bett. Wo bin ich? Verdammt, wer schnarcht da! Wenzel?
Ich ziehe mir das Hemd hoch, fühle zwischen den Beinen. Alles ist trocken, nichts klebt.
Uff, nochmal Glück gehabt!
Aus dem Dunkel schälen sich die Gegenstände. Neben dem Schrank steht eine Truhe, hinter der Truhe dringt ein wenig Licht durch die Spalten der Fensterläden. Ich taste mich zum Fenster, ertaste die

Riegel und stoße das Fenster weit auf. Mein Blick fällt auf den Markt! Ich drehe mich um, aus dem Bett glotzt mich Arne mit verkniffenen Augen an. Seine Haare sind verwuschelt.

„Wo ist der Topf?"

Arne dreht sich flink, tastet auf seiner Seite unter dem Bett und streckt mir beflissen den blanken Hintern entgegen. Nach einigem Tasten und Rumpeln hält er mir das gesuchte Teil hin. Ich schiebe es unter mich, hocke mich nieder, ohh… .

Die kalte Luft zwickt mir in den Füßen.

„Wie bin ich in dein Bett gekommen?"

Arne setzt sich auf.

„Ach, weißt du, der Wein war wohl etwas zu stark für dich. Und die Stiegen hoch. Ich fand es so besser!"

Ich bin fertig, spüre die letzten Tropfen.

„Hast du ein Tuch?"

Arne beugt sich vor.

„Ein Tuch? Wozu brauchst du ein Tuch?"

Ich verdrehe die Augen.

„Hast du oder hast du nicht?"

Jetzt muss er aus dem Bett heraus, öffnet die Truhe und gibt mir ein kleines Leinentuch.

Ich wische mich ab und werfe das Tuch auf den Boden.

„Soll ich etwa mit nassem Leib dein Bett wieder aufsuchen?"

Schnell schlüpfe ich unter die Decke. Arne steht und überlegt. Ich hebe einen Zipfel an.

„Nun komm schon. Wenn du mir die ganze Nacht nichts getan hast!"

Mit einem sichtlichen Aufatmen kriecht der Junge zu mir. Ich umarme ihn, sein Kopf liegt an meiner Brust. Wieder streichelt seine Hand meinen Bauch.

Er dreht den Kopf, sein Mund sucht meinen. Ich wende mich ab.

„Mann, Arne, ich habe doch Ture!"

Eingeschnappt rollt sich Arne zur Seite.

Ein regelmäßiges Schaben dringt durch das Fenster. Ich stehe auf und sehe, wie der Gehilfe des Marktmeisters Strich für Strich den Platz fegt. Er schaut auf, und als er mich bemerkt, zieht ein breites Grinsen über sein Gesicht. Er winkt mir zu.

Die Männer! Ihr Denken dreht sich anscheinend immer um die Frauen! Ich winke ihm zurück.

Grypswold wächst

„Drei Dutzend Schwerter! Stell dir vor, Arne hat drei Dutzend Schwerter, sechs dutzend Äxte, ganz zu schweigen von Scharnieren und Nägeln bestellt!"
Der Schmied wirft die restlichen Metallstangen auf den Platz vor der Werkstatt.
„Wir brauchen mehr Rohlinge!"
Der Geselle sagt:
„Wir brauchen mehr Männer!"

Die Straßenbauer haben die Hälfte der Straße zwischen Hafen und Markt fertig: Die untere Lage aus Lärchenholz, die obere aus Eiche.
Die Stadtherren stehen mit eingestemmten Armen am Straßenrand. Warum dauert das so lange?
Die Straßenbauer zeigen auf die unfertige Straße.

„Wir sind zu wenige!"

Täglich erfolgen Lieferungen von Eichenholz aus den Wäldern Rugias, von den Ufern Wollins und der Insel Vilm. Sogar übers Meer kommen die schlanken Stämme der Lärchen!

In den Sägegruben am Hafen erfolgt der Zuschnitt. Hier müssen sich fleißige, zähe Männer täglich um die Bereitstellung des Holzes kümmern, welches die wachsende Stadt verschlingt.

Nicht nur die Stadt benötigt Stämme über Stämme, auch der Transport des Rohstoffes selbst verschlingt Holz! Am Ufer der Hilda, gleich neben der Saline liegt Schiff neben Schiff!

Gleich sechs der Transportkähne ruhen auf ihren breiten Böden nebeneinander am Ufer. Ruhen? Zwei schwimmen bereits im Fluss, noch ohne Masten zwar, doch diese werden schon angelandet. Die Zimmerleute der Werften können immer schneller die Schiffe der gleichen Bauart bereitstellen.

Wo kommen die vielen Arbeiter her?

Es sind Bauern, Vertriebene aus den Kriegen um Rugia und Wollin. Verbrannte und aufgegebene Hofstätten säumen ihre Wege in die wachsende Stadt.

Und die Städter? Woher bekommen die ihre Nahrung, ihr tägliches Brot, wenn die Bauern keine Feldwirtschaft mehr betreiben und ihr Vieh von den marodierenden Soldaten verzehrt wurde? An den Rändern der Städte entstehen seltsame Stadthöfe. Kein Handwerk ist hier angesiedelt, kein Kaufmann. Große Tore bieten Zufahrt zu den Speichern der Höfe, auf den Wiesen hinter den Plätzen und Tennen brüllt das Vieh.

Die Stadthöfe geben sich zu den Straßen hin ganz und gar städtisch, doch nur wenige Schritte hinter den Mauern der Eingänge befindet sich der Besucher auf dem Lande.

Nur den wenigsten der vertriebenen Bauern gelingt der Sprung von ihren verlorenen Höfen zum Besitz eines der stattlichen Stadthöfe!

Die Stadt selbst, der neu gebildete Rat und die Zünfte der Handwerker schützen ihre Bürger, und der Spruch ‚Stadtluft macht frei' bekommt eine doppelte Bedeutung. Die ankommenden Wanderer werden befreit von ihren Existenzsorgen, von der Angst um das nackte Überleben. Gleichzeitig befreit sie die Stadt von der Angst um ihr Eigentum, denn als Tagelöhner sind sie unentrinnbar eingegliedert. Sie sind Teil der Stadt geworden.

Die vielen Menschen brauchen Platz, der Stadt wird es eng auf ihrem morastigen Grund. Wagen um Wagen fahren die Fuhrherren Boden herbei. Die Sandberge in der Umgebung schmelzen, der Baugrund innerhalb Grypswolds wächst und wächst. Die Saline liefert das Salz, das Meer die Fische, die Wiesen das Vieh und die Felder im nahen Umkreis das Korn. Der Stahl reist über das Meer, wie das Holz, Bernstein, Wolle, Felle ... alles, was die Stadt braucht!
Alles?
Steine, die Stadt braucht Steine!
Die Knechte in den Gruben rund um die Stadt legen unter den Sanden Tone und Lehm frei.

Die ausgefachten luftgetrockneten Wände werden durch gebrannte Ziegel ersetzt
Jetzt müssen Formsteine heran, die Äbte zahlen gut! Wieder fahren die Fuhrherren: Schwer biegen sich die Wagen, die Ochsen legen sich in die Geschirre.
Die Feuer der Öfen brennen und brennen.
Irgendwann ist das Holz verbraucht, die Schiffe fahren weiter und weiter, und der Ruf der Städte längs der Küste wird immer weiter getragen.
Aus kotigen Rinnen werden Abflussgräben, aus schlammigen Wegen trockene Steige, Sammelplätze der Handwerker. Die Wollweber rücken zusammen, die Färber, die Gerber. Die Töpfer mit ihren Öfen müssen am Rande der Stadt bleiben – möglichst mit etwas Abstand, zu oft brennen ihre Häuser nieder!
Doch wo sind die Lücken zwischen den Häusern geblieben? Schon wieder rücken Häuser heran, verwandeln sich aus wackligen Hütten in manierliche Fachwerkbauten, bis auch diese den stolzen Steinhäusern weichen müssen!

Die Menschen in der Stadt nehmen die Veränderung kaum wahr, doch die barfüßigen Fischlieferanten aus Moorbrüggen tragen ihr Staunen über das Land:
„Grypswold wächst!"
Sie kehren längst nicht mehr mit leeren Körben heim. Sie sind selbst kleine Händler geworden, mit Ture als großem Handelsherrn.
Ture sitzt mit Inger auf einer Bank am Hang vor dem Haus. Er hat etwas Fleisch angesetzt. Wo er fleischig ist, ist seine Inger nachgiebig.
Sie sehen geruhsam den Kindern zu, die auf Abels Bootssteg den Fisch aus den Reusen pulen. Oli ist etwas über ein Dutzend Jahre alt, sein Bruder Jon nähert sich dem runden Dutzend. Was kümmert es sie, wenn die Kinder nur gesund sind!
Bischof Absalon nimmt sorgsam das große Kirchenbuch Roskildes aus dem Schrein. Er seufzt, die Pflege des Buches ist ihm zuwider. Resigniert taucht er den Gänsekiel in die Tinte, zieht die erste Urkunde heran und schreibt sorgfältig das Jahr auf die obere Ecke der neuen Seite: 1183.

In den Kammern des Hauses am Markt laufen Spinnräder. Spinnräder? Nein, es sind kleine Maschinen, angetrieben durch die flinken Füße der Mägde. Stein auf Stein, Horn auf Horn wird geschnitten, poliert und mit Löchern versehen. Bald schon wird der Platz nicht mehr ausreichen, bald schon wird eine neue Straße begründet. Lyr ist die Herrin des Gewerbes. Mit strenger Hand leitet sie die Mägde an. Die drehen ihr zwar von hinten eine Nase, doch von vorn sind sie lieber freundlich zu ihr! Arnes Geschäft brachte zunächst nicht den gewünschten Erfolg – der Waffenhandel scheiterte am friedlichen Wesen der Wolliner: Die wollen einfach keinen Krieg!

Seine drei Dutzend Schwerter hat er über die Jahre trotzdem verkauft. Verbohrte Ritter, trotzige Burgherren, verschlagene Schlächter – alle hat er bedient. Der Vater hat ihn ausgelacht, der Bernsteinhandel, der Übergang zur Knopfherstellung hat ihm viel mehr eingebracht!

Während Grypswold wächst, dass jeder zusehen kann, bleibt Moorbrüggen nur noch wenig Zeit, denn Moorbrüggen wird sterben.

Zorn

Jon ist weit hinter Oli zurückgeblieben. Als er den Bruder hinter der nächsten Biegung des Waldweges verschwinden sieht, zieht sein klagender Ruf durch den Wald:
„Ohhhli,... Oli, warte!"
Je eifriger der Junge humpelt, desto stärker schlägt die Kiepe gegen den Kopf. Trotzdem versucht er schneller zu werden, bis sein Gang zu einem hüpfenden Lauf übergeht. Nach kurzer Strecke gibt er auf. Es geht einfach nicht, der Schmerz im Fuß ist zu groß. Resigniert setzt er sich an den Wegesrand, zerrt sich den Korb vom Rücken.
Bis Moorbrüggen ist es noch ein halber Tagesmarsch, wie soll er den mit dem dicken Fuß schaffen? Der Wind rauscht in den Baumwipfeln, der Schatten einer Wolke verwandelt den sonnigen Waldweg in einen kühlen Tunnel. Jon zieht fröstelnd die Schultern hoch.

Mühsam steht er wieder auf. Jetzt schmerzt der Fuß noch stärker. Er hopst auf einem Bein in das Unterholz, zerrt einen morschen Knüppel hervor. Nach einigen Schlägen hat dieser die richtige Länge, der Junge belastet seinen Krückstock vorsichtig. Hält!

Mit Schwung lässt er die Kiepe auf den Rücken fliegen. Er verlagert das Gewicht vom gesunden Fuß auf den Stock, gibt sich mit dem verletzten Bein Schwung so gut es geht. Ja, so ist es besser. Nach einer guten Weile der Plackerei hört er ein Rumpeln, das Prusten eines … Pferdes?

Jon hängt sich an seinen Stock und wartet gespannt. Nicht ein Pferd, nein, gleich vier Pferde nähern sich. Zwei ziehen einen behäbigen Wagen auf nur einer Achse, zwei Reiter mit Schwertern und Bögen begleiten das Gefährt. So viele Möglichkeiten gibt es hier im Wald nicht, sie werden also mindestens ein Stück weit denselben Weg nehmen müssen.

Gespannt beobachtet Jon die Vorbeifahrt des Zuges. Als sie auf gleicher Höhe sind, winkt er unschlüssig. Stur schauen die Reiter an ihm vorbei, doch der

Kutscher blickt ihn nachdenklich an, dann zieht er die Zügel an.

„Pfrrr!"

Der Fuhrmann, ein dünner Mann mit tiefliegenden Augen und ohne einen einzigen Zahn im Mund fragt ihn:

„Junge, gehscht du nach Moorbrüggen?"

Jon nickt eifrig.

„Ja! Mein Vater, meine Mutter, mein Bruder... wir alle wohnen da."

„Isch hab gehört, esch gibt viel Geld in Moorbrüggen?"

Jon betrachtet seine Füße. Die Geschäfte gehen gut, aber einem fremden Mann auf die Nase zu binden wie gut sie gehen? Er sagt vorsichtig:

„Die Händler, die haben immer Geld. Wir fahren sie über den Fluss!"

Der Mann nickt, klopft neben sich auf die Bank. Schnell nimmt sich Jon die Kiepe vom Rücken, klemmt sich den Krückstock unter den Arm, klettert neben ihn. Der Kutscher schnalzt, dass die Spucketropfen fliegen.

„Kannscht du mir schagen, wie oft ihr Händler überschetzt?

Jon überlegt. Was sind das für Gesellen: ein Mann, ein Wagen, zwei Bewaffnete? Er wiegt den Kopf hin und her, dann trifft er seine Entscheidung.

„Ooch, das ist ganz selten."

Er hält die Finger einzeln hoch.

„Vor dem Vollmond, nach dem Vollmond, zur Sommersonnenwende ... und noch einer!"

Triumphierend streckt er dem Kutscher die vier gespreizten Finger entgegen.

Der Wagen schlingert von einer Seite zu anderen. Der Kopf auf dem dünnen Hals schleudert ebenfalls hin und her.

„Wasch macht dein Vater?"

Ein kurzer schneller Blick zu Jon, dann starrt der Fuhrmann wieder auf den Waldweg.

„Mein Vater ist Ture, der Fischer! Kennst du ihn nicht?"

Der Mann nickt wieder vor sich hin.

„Ture, der Fischer. Den kenn ich. Guter Mann ... gute Steuern!"

Da fällt bei Jon der Groschen. Er sitzt im Fuhrwerk des Steuereintreibers.

Bis der Abend seine ersten Zeichen sendet, haben sie Oli überholt. Der steht mit offenem Mund. Jon mag nicht hin sehen, gleich packt ihn wieder die Wut. Wie konnte der Kerl ihn einfach allein lassen!

Wieder und wieder fragt der dünne Mann.

„Wasch macht die Mutter, wasch macht der Ombudsmann…"

Jon möchte sich am liebsten die Ohren zuhalten. Dann rumpeln sie den Hang zur Peene hinunter, vor dem elterlichen Haus sitzen Ture und Inger auf der Bank. Ture erhebt sich langsam.

„Bringst du meinen Sohn Jon? Wo ist Oli? War kein Platz mehr auf deinem Wagen? Schon alles voller Silber, was?"

Ture lacht jovial, Oli kommt den Hang hinunter gelaufen.

Inger streckt ihm einen Arm entgegen, doch Oli verschwindet wortlos, mit hochgezogenen Schultern im Haus. Inger dreht sich ratlos zu ihrem Mann und zu Jon.

„Was hat er denn? Hast du ihn nicht mitgenommen?"

Jon winkt ab.

„Den Oli, den lass mal. Der hat ganz schlechte Laune heute!"

Der Junge zerrt die Kiepe vom Wagen.

„Ischt die leer? Tscheig mal!"

Ture tritt vor, stellt sich vor den Jungen, schüttelt den Kopf.

„Das sieht schlecht aus für dich! Wir haben die Steuern schon bezahlt und zwar für ein Jahr im Voraus!"

Der dünne Mann legt den Kopf schief.

„Dasch wüschte ich aber. Dann hätte mich der Hertschog niemalsch loschgeschickt!"

Ture grinst breit.

„Unser Herr ist kein Herzog – er ist ein Fürst!"

„Wasch Hertschog, wasch Fürscht! Bogischlaw ischt euer Herr!"

Jetzt lacht ihm Ture ins Gesicht, bevor er in die Richtung des Dorfes zeigt.

„Unser Herr ist Jaromar! Frag den Ombudsmann! Bei uns bekommst du nichts! Das heißt, einen Fisch kannst du gern kaufen. Habt ihr Hunger? Einen Pfennig das Stück!"

Die Miene des Steuereintreibers versteinert zusehends. Diese Nachricht wird dem Herzog nicht behagen.

„Habt ihr Dokumente?"

Ture zeigt wieder in Richtung des Dorfes.

„Beim Ombudsmann, Gevatter, beim Ombudsmann … und, … Jaromar hat uns Schutz zugesichert!"

Den Reitern scheint das Gespräch ziemlich gleichgültig zu sein, sie blicken gelangweilt in die Ferne. Nur als Inger jedem einen Krug Bier reicht, geht etwas Interesse von ihnen aus.

Schließlich entfernt sich der Zug in Richtung Langhaus. Diesmal begleitet Ture die Leute nicht.

Bogislaw

Langsam gieße ich mir den Becher voll. Einen guten Wein fahren die Händler aus Wismar heran. Ich nehme einen großen Schluck, stehe auf und suche das Land vor der Burg Stück für Stück ab.

Ganz in der Ferne drehen sich die Flügel einer Mühle, sonst liegt das Land wie ausgestorben. Kein Vergleich zur Burg flussauf, denn dort steht Mühle an Mühle!

Was haben mir diese Kerle angetan? Was habe ich ihnen getan? Warum gönnt mir Jaromar das Land nördlich des Flusses nicht? Ist es diese Drecksstadt an der Hilda? Liegt es an Grypswold? Als ob es mir auf dieses Sumpfloch ankäme! Dass Waldemar, Gott hab ihn selig, nicht gut auf mich zu sprechen war, konnte ich ja noch verstehen. Wie viele Dörfer haben meine Männer in Dänemark verheert? Ich weiß es nicht, doch es waren viele!

Ein König war er, doch Gerechtigkeit im Leib? Die hatte er nicht! Sonst hätte er mir den Anteil am

Ranenschatz nach der Unterwerfung gerecht zugeteilt. Geteilt, wie unter Gleichen! Ebenso stand mir die Hälfte Rugias zu!

Doch was machte der Mann? Schenkte dem Wolf im Schafspelz neben dem Land noch die Hand der Tochter seines Mitkönigs! Und ich? Und was ist mit mir? Mir sterben die Söhne weg!

Hiob. Ich bin wie Hiob!

Jaromar jedoch ist ein Teufel, niemals jedoch ein Christ!

Oach, mir brennt die Brust! Ich setze den Becher an, eins, zwei, drei Schlucke, … leer!

Dieses öde Land! Wenige Schritte, ein Blick aus dem gegenüberliegenden Fenster und ich kann meine Flotte sehen.

Kommt eben ganz drauf an, aus welchem Fenster man glotzt! Da liegt es, das Werkzeug meiner Rache!

Soldaten, Waffen, Feuer, Tod!

Diese stinkenden Bauern zahlen keine Steuern?

Ich muss an das Gesabber des Steuereintreibers denken, als ich seinen Hals würgte.

Hinter den Schiffen sind die Hügel Moorbrüggens
zu erkennen.
Wartet!

Ich werde
euch
würgen!

Bündnisse

Wenn Könige sterben, dürfen die Lehnsbündnisse nicht zerbrechen!

Im Jahre 1183, nach dem Tod Waldemars, geht Jaromar deshalb auf die Reise. Die Fahrt des Fürsten ist, im Vergleich zu der vieler anderer Herrscher, recht einfach: Sein Schiff, die Wit, trägt ihn bei günstigem Wind binnen weniger Stunden an die dänische Insel Seeland. Die Pflicht des Vasallen ist es, dem neuen König die Lehnstreue zu bekunden, was feierlich in der Kathedrale von Roskilde geschehen soll.

Der neue König heißt Knut, ist der Sohn des alten und bereits seit 1170, also von Kindesbeinen an, Mitkönig.

Knut ist jung, erst einundzwanzig Jahre alt, und Jaromar ist gespannt darauf, wie ihn der neue König, der halb so alt ist wie er, aufnehmen wird.

Wie wird ihn die Regentschaft an König Waldemars Seite geformt haben? Ist er, wie der Vater, ein kluger Mensch? Ist er ein höfischer Genießer, verwöhnt und verzärtelt?

Jaromar sieht Seeland voraus, sein Schoner lässt die Insel westlich liegen. Dann kommt die Halse, der Großbaum schlägt über und bei kräftigem Nordost braust die Wit in den Roskilde Fjord.

Jaromar

Etwas bleich steigt Hildegard, meine Frau, aus den Tiefen des Schiffes. Eine Seefahrt ist nichts für sie, obwohl unter ihren Ahnen mit Sicherheit der eine oder andere Wikinger in alle Himmelsrichtungen segelte, Schrecken der Bewohner friedlicher Küsten!
Ich denke an die Bedeutung reichsstiftender Eheschließungen. Auch Knuts Ehe ist ein reines Produkt der Bündnispolitik. Schon vor sieben Jahren, 1176 heiratete Knut - 14 jährig - Gertrud, eine Tochter Heinrich des Löwen. Der Löwe! Zu Recht hieß er so, denn wenn Heinrichs Krieger

zogen, zitterten die Reiche vom Norden bis in den Süden. Heinrich, der Kaisermacher Barbarossas, selbst reich wie ein Kaiser!

Große Städte hat er begründet, sichere Quellen stetiger Einkünfte.

Ich lege meinen Arm um Hildegards Schultern. Sie freut sich auf die Landung, lächelt mich von der Seite an.

Ihr blasses Gesicht gewinnt Farbe, als die Turmspitzen Roskildes am Horizont auftauchen. Ich lasse beidrehen, ein Boot fährt in den Hafen. Wenig später kommt eine kleine Prozession aus der Stadt. An ihrer Spitze Absalon, der Bischof von Roskilde!

Absalon! Immer noch stattlich, obwohl er schon über 50 Jahre alt ist. Gerade Gestalt in weißem Ornat, graues wehendes Haar. Doch sein Arm hält ohne zu zittern die heilige Lanze, ebenso könnte er das Schwert noch sicher führen.

Wir setzen über, der Bischof reicht Hildegard die Hand. Nach der förmlichen Begrüßung umarmt er Hildegard, die Tochter seines Freundes, die, ebenfalls bündnisstiftend, vor Jahren meine Frau werden musste.

Absalon ist nun mit seinen 54 Jahren ein weiser Mann, logisch, dass er den jungen König berät und ein wenig die Vaterrolle einnimmt!

Wen sehe ich an seiner Seite? Ist das nicht Bogislaw?

Tatsächlich! Welch ein Unterschied in der Haltung! Bogislaw ist zwar genauso alt wie Absalon, doch er wirkt wie altes verwittertes Gestein. Dazu die gebeugte Haltung!

Der Bischof reicht mir die Hand zum Kuss. Ich gehe auf die Knie, küsse den Ring. Bogislaw drehe ich gekonnt den Rücken zu.

Wer verbündet sich mit wem? Dem feingeistigen Knut ist der sehr viel charismatischere Jaromar jedenfalls viel sympathischer, als der kantige Bogislaw, der sofort auf seine Errungenschaften verweist: Ein gewaltiges Fastkönigreich schließe sich östlich der Oder und südlich der Peene an die Ländereien der Ranen an. Nahezu unerschöpflich seine Ressourcen: tiefe Wälder, Seen voller Fische und fleißige Bauern.

Doch Bogislaw ist vom Naturell her kein Lehnsmann, er ist selbst ein König! Er ist der König der Slawen!

Der Titel nützt ihm bei Knut aber nichts, denn er hat keinen Kaiser, der seinen Titel bewahrt und ihn vor den Angriffen der Neider beschützt.

„Ich habe Klöster errichtet!"

Wie ein weinerlicher Widerspruch hängt sein Ausruf in der Luft der Kirche. Doch hilft ihm dieser Schrei nach Anerkennung? Die letzten Jahre haben ihm hart zugesetzt.

Gerade erst durch Barbarossa mit dem Titel ‚König der Slawen' belehnt, musste er erleben, wie ihm der erst-geborene Sohn Ratibor starb. Seine Frau, sie ist schon vor sieben Jahren gestorben. Allein gelassen und in der Seele verwundet soll er sich nun diesem jungen Schnösel unter-werfen?

Niemals!

Für ihn steht fest, er wird es dem König und er wird es vor allem Jaromar zeigen, der sich unrechtmäßig an seinem Land vergriffen hat und ihm die Ländereien nördlich der Peene einfach abnahm!

Bündnisse?

Vorzeitig verlässt er die Antrittsaudienz.

Jaromar jedoch beugt wieder das Knie. Jaromars Lehnsherr ist nun der neue König Knut.

Als sichtbares Zeichen ihres Bündnisses beschließen sie den gemeinsamen Aufbau einer Flotte. Nichts weniger als die Seeherrschaft über die westliche Ostsee ist ihr Ziel, und der Sitz des Königshauses in Roskilde auf Seeland ist ihre Operationsbasis.

Viking auf Moorbrüggen

Wieder stehen die Hauptleute im Burghof, wieder lehnen einige der Söldner am Brunnen, andere lümmeln vor den Ställen.
Sie warten auf die Befehle ihres Herzogs, der sie einbestellt hat.
Die Köpfe der Ungeduldigen gehen hin und her.
Der Berater starrt auf die Tür des Pallas.
Die schwere Tür geht langsam auf, Bogislaw schiebt sich auf den Hof, hinter sich zwei, drei, vier bewaffnete Knechte, die sich durch die enge Tür drängen.
Die Männer blicken unlustig, der Herzog hebt die Hand.
„Männer, heute werdet ihr Gottes Urteil vollstrecken. Der Steuereintreiber kam mit leeren Händen aus Moorbrüggen. Ich kann den Sold nicht zahlen. Wenn das um sich greift…"

Bogislaw starrt auf seine Füße. Der Berater hüstelt erst leise, dann legt er die Hand auf Bogislaws Schulter. Der fährt auf, als käme er aus tiefem Schlaf, hebt den Kopf und blickt seine Hauptleute einen nach dem anderen an.

„Holt euch euern Sold. Ich will nie wieder etwas von Moorbrüggen hören!"

Die Männer erheben sich leise, keiner lümmelt mehr am Brunnen, keiner sitzt mehr lässig vor dem Stall. Sie starren ihren Herzog an.

Bogislaw schlurft mit hängenden Schultern zurück in die Einsamkeit seiner Kammer.

Stumm kehren die Hauptleute zurück. Die Dalben knarren, ein Boot nach dem anderen erreicht die Schiffe der Flotte. Pfiffe tönen, die Fahnen mit dem pommerschen Greifen flattern.

„Hol up! hol up..."

Zug um Zug wandern die Segel der Kriegsschiffe in die Höhe. Langsam wölbt sich das Tuch, zunächst geht es in Richtung Norden, die Landetruppen im Hinterland des Dorfes ans Ufer zu bringen. Kein

Einwohner Moorbrüggens soll vom Überfall künden. Moorbrüggen soll ab-geriegelt und spurlos ausgelöscht werden.

Lyr

Seltsam still liegt das Dorf. Mein Wagen rumpelt den inzwischen gut eingefahrenen Weg den Hang hinunter. Hinter dem Haus Tures füttert Ole die Hühner. Er winkt mir zu, dann läuft er ins Haus. Ich höre seinen Ruf, er kündigt meinen Besuch an.
Als erstes steckt Jon seinen wuschligen blonden Schopf aus der Tür. Er angelt nach den Klocks, rennt los, dass die Beine fliegen.
„Lyr! Hast du an meine Haken gedacht?"
Ich muss ihn etwas aufziehen.
„Welche Haken?"
Enttäuscht steht der Junge vor mir, traurig lässt er die Arme hängen.
Ich beuge mich über ihn, strubbel seinen Schopf.
„Wie könnte ich deinen Haken vergessen!"

Vorsichtig löse ich das kleine Stoffpaket von der Sitzbank. Ein falscher Griff und die Spitzen der Haken dringen in die Finger. Ich weiß das, habe es selbst ausprobiert. Gute Arbeit hat der Schmied geleistet. Jon streckt die Hand, als empfinge er den Leib Christi. Erwartungsvoll wickelt er die Haken aus. Jeweils drei einfache Haken sind kunstvoll miteinander verdrillt. Die scharfen blanken Spitzen glänzen metallisch. Er schaut kurz auf, seine Augen leuchten.

„Sieh nur, Lyr! Sind die nicht schön?"

Schön ist etwas anderes, aber Fische werden die Wassermänner hier genug damit fangen. Besonders die fetten Hechte!

Ich strecke ihm meinen zerstochenen Ballen der Hand entgegen.

„Schön scharf!"

Sein Blick wird mitfühlend, er legt das Bündel ab und greift meine Hand, streichelt über den Schorf an meinem Ballen.

„Das tut mir leid, Lyr!"

Inger kommt aus dem Haus. Mein lieber Schwan, an ihr ist alles dran! Da dürfte Ture seine Freude haben! Bin ich wie eine Ziege? Ist sie wie eine Kuh? Keine Ahnung, ein bisschen etwas von den Tieren wird schon zu uns passen. Jedenfalls kann ich mir vorstellen, dass die Männer an Milch denken, wenn sie Inger sehen. Bei so einem Euter!

Freundlich fragt sie:

„Möchtest du etwas trinken? Etwas essen? Ich habe frischen Fisch!"

Langsam reicht es mir mit der Freundlichkeit. Mir will kein Wort über die Lippen kommen. Also zeige ich zum Langhaus.

„Mmm... Muß weiter!"

Ich schnalze, das Muli zieht an.

Hinter der Fischerhütte schiebt sich der Mast eines Schiffes an die behelfsmäßige Brücke heran, der pommersche Adler flattert im Wind. Männer Bogislaws? Was wollen die denn hier?

Menschen sterben

Ture

Der Wind kräuselt das Wasser. Wenn er mir flussab genau entgegen weht, wird die Fahrt bis zu den Reusen lang. Ich komme verspätet an, doch die vollen Netze entschädigen die Plackerei reichlich. Schöne fette Brassen, ein, zwei Zander, ein kleiner Hecht. In der zweiten Reuse haben sich eine Handvoll armlanger Aale verfangen. Noch während ich die Fische in das Boot werfe, taucht in der Biegung der Mast eines Schiffes auf. Der Greif am Mast zeigt es an: es sind die Pommern. Schnell werfe ich die zweite Reuse in das Boot, paddel los, denn das kann nichts Gutes bedeuten. Als ich mich umdrehe, sehe ich, wie ein zweites Schiff die Kurve des Flusses nimmt, dann ein drittes! Mir bricht der Schweiß aus, obwohl ich jetzt mit dem Wind fahre. Besonders schnell sind die Pötte nicht, doch der Abstand zwischen Boot und erstem Schiff wird kleiner und kleiner. Ich ziehe jetzt mit voller Kraft durch, hoffentlich halte ich das durch bis zum Anleger! Mein Mund wird trocken, ich reiße ihn auf, schnappe nach den Tropfen, die das Paddel aufwirft.

Da! Die Biberburg! Gleich dahinter die letzte Biegung. Ich blicke über die Schulter zurück, sehe, wie am Bug des Schiffes ein Mann mit Helm seinen Bogen bereit macht. Mit aller Kraft ziehe ich in Richtung Anleger, erreiche den Steg, springe ans Ufer.

Am Hang steht Lyrs Fuhrwerk, Inger steht mit Jon vor dem Haus.

Ich wedele mit den Armen, laufe an Abel vorbei, der mich ungläubig anstarrt. Ich schreie aus voller Brust: „Flieht!"

Hinterm Dorf steigen Staubwolken auf.

Es ist zu spät.

Im lässigen Schritt nähert sich die Reiterei von der Landseite, Reiter neben Reiter, dazwischen laufen Soldaten. Von Zeit zu Zeit müssen sie rennen, damit sie nicht zurückbleiben.

Lyr lässt die Zügel auf den Rücken des Mulis klatschen und verschwindet in Richtung Langhaus.

Am Fluss kracht es. Das erste Schiff ist durch unsere Behelfsbrücke einfach hindurch gefahren! Die gebrochenen Bretter schaben an der Außenhaut, ein schauerliches Knirschen zieht durch das Dorf. Lyr steht jetzt auf ihrem rasenden Wagen, die Dorfbewohner rennen ebenfalls zum Langhaus.
Abel greift sich die Fischgabel. Er nickt mir zu.
„Geh hoch zu Inger."
Er drückt mir die Fischgabel in die Hand.
Ich sehe ihn an. Er ist blass, so blass!
Mein Vater nickt wieder.
„Leb wohl, mein Sohn."
Er lässt den Blick über das Dorf schweifen.
„Ein schöner Platz!"
Vater umarmt mich, stößt mich wieder von sich, wischt sich über die Augen.
„Geh!"
„Und du?"
Ruhig zieht Abel eine Stange mit eiserner Spitze aus dem Boden.
„Ja was! Ich begrüße die Gäste!"

Die Kette der Reiter hat die ersten Häuser erreicht, die Soldaten verschwinden in den Hütten, die Reiter halten Ausschau nach Fliehenden.

Ein Mädchen stürmt aus der ersten Hütte in Richtung Wald. Seelenruhig legt einer der Reiter an. Sie schafft es nicht, sie kann nicht schneller sein als der Pfeil, der sie sauber auf der linken Seite trifft.

Das sind keine Anfänger! Der Fischspieß in meiner Hand sieht ziemlich lächerlich aus, doch ich laufe, was ich kann, zu unserem Haus. Ich reiße die Tür auf, Inger schaut mich mit großen Augen an. Jon streckt mir seine neuen Angelhaken entgegen.

„Wo ist Ole?"

Inger presst die Hände vor den Mund, wimmert leise:

„Ich muss doch noch Wasser holen!"

Aus der Tür kann ich sehen, wie Abel den Reitern am Ufer entgegen geht, den Speer in der Hand, wie einen Wanderstock. Die Soldaten lassen sich nicht täuschen. Nicht mal einen Pfeil ist der alte Mann ihnen wert. Tänzelnd weichen die Krieger aus, als Abel zwischen sie tritt. Eine huschende Bewegung und mein Vater sinkt zu Boden, kniet kurz, dann fällt er um.

Ich packe Ingers Arme.

„Wo ist Ole!"

Jon legt die Angelhaken auf den Tisch. Leise sagt er:

„Ole ist im Hühnerstall."

Die Soldaten kommen aus dem ersten Haus, die wenigen Habe, die sie als wertvoll erachten, werfen sie einfach auf den Weg. Ich reiße die Stalltür auf. Ole kratzt den Mist von den Sitzbrettern, dreht sich zu mir.

„Vater?"

Er lässt den Kratzer sinken, starrt über meine Schulter den Hang hinauf.

„Das kann doch nicht…"

Das Dach des Hauses der Nachbarn oberhalb brennt in kurzer Zeit lichterloh, aus dem Nebengebäude dringen Schreie.

Ich zerre Ole hinter mir her ins Haus. Dann halte ich meine Familie fest, ganz fest, bis Schritte auf der Tenne poltern.

Schnell wische ich mir die Tränen von den Wangen, ängstlich sehen mich die Augen der Kinder an. Ich packe meinen Fischspieß, als die Tür eingetreten wird, erwische ich den ersten Soldaten am Hals, reiße ihm die Axt aus der Hand. Im Vorbau bückt sich einer der beutegierigen Krieger über unsere Vorräte, mit einem Satz bin ich bei ihm, die Axt fährt tief in seine Schulter. Er kreischt:

„Kierls, schlagt den Mann doot!"

Ein Reiter fixiert mich ruhig, das Schwert ruht sicher in seiner Hand. Als er anreitet, trifft mich ein Schlag von hinten, ich sehe einen Arm auf mich zu fahren, der Boden unserer Tenne kommt mir entgegen.

Lyr

Hasen sind wir, wie Hasen laufen wir, wie Hasen werden wir sterben! Mein Herz hämmert, das Muli galoppiert, links und rechts von mir sehe ich aufgerissene Münder, verzweifelte Gesten, Staubwolken... .

Durch das Rütteln und Stoßen des Wagens kann ich die Reiter sehen, die das Langhaus gleichzeitig mit mir erreichen. Die Pferde wiehern, doch mein Muli brüllt! Ein Pfeil steckt hinter seinem Ohr, der Schaft wippt auf und nieder, bis meinem Muli die Beine einknicken. Frauen und Kinder sind im Langhaus, kaum ein Mensch ist still, alle schreien durcheinander. Das Fell des Mulis zuckt, die Beine wollen laufen, obwohl das Tier jetzt liegt. Ich lege ihm meine Hand auf das heiße Maul, die großen dunklen Augen sehen mich an. Muli hebt die Lefzen, knabbert ein wenig an meiner Hand, dann verändern sich die Augen. Das warme Licht ist aus, die Augenwimpern, lang wie die einer schönen Frau zittern ein letztes Mal, dann erstarren auch sie. Der Lärm des Hauses schlägt auf mich ein. Kinder schreien nach ihren Müttern, Mütter suchen ihre Männer, alles rennt durcheinander. Nur die Soldaten am Eingang fixieren die Menge. In Dreiergruppen gehen sie vor, Frau für Frau, Mädchen für Mädchen zerren sie heraus. Versuche, sie an ihrem Tun zu hindern, enden mit einigen schnellen Schlägen, durch die Halle zieht der Geruch von frischem Blut.

Die Zeit ist stehen geblieben.

Mit kleinen Schritten gehe ich in Richtung meines Wagens. Eine Hand packt mein Kleid, ich versuche aufzustehen, doch ein schwerer Druck presst mich auf das tote Tier. Gierige Hände zerreißen mein Kleid, ich trete um mich…

Ein scharfer Schmerz peitscht durch meinen Unterleib, ein blutverschmiertes Gesicht taucht hinter meinem Peiniger auf. Ture? Ich hebe einen Arm, er scheuert am groben Wams des Soldaten, der keuchend auf mir liegt.

Ture!

Der Schädel des Soldaten knackt, als ihn der Hammer Tures trifft, ein Schwall Blut schießt mir in die Augen.

Der Unterleib des Mannes zuckt weiter im Takt der erzwungenen Paarung, ein Schütteln setzt ein, ein irres Zittern, dann spüre ich, wie sich der Tote in mich ergießt.

Alles ist rot, rot, rot …

Brandgeruch, Blutgeruch … ich kann die Augen nicht öffnen.

Ture?

Ich werde aufgehoben, es ist dunkel. Wasser steigt an meinen Beinen empor. Mein Bauch wird gekühlt. Ture streichelt meinen Kopf. Ich höre seine tonlose Stimme.

„Schwimm ans andere Ufer."

Langsam versinke ich im Wasser.

„Lyr, hörst du! Schwimm!"

Er zerrt den Rest meines Kleides über einen Holzpfosten.

Es plätschert leise, dann ist Ture in der Dunkelheit verschwunden.

Ein gespenstischer Singsang schallt über das Wasser. Ich spitze die Ohren. Tatsächlich, eine Schalmei spielt zum Tanz auf!

Plötzlich wieder Schreie! Ich sehe Tures Gestalt vor einem Feuer, er schwingt den Hammer, bis er selbst zu Boden geht. Gestalten huschen umher, wieselflinkes Treten, Hauen, Stechen.

Nach einiger Zeit beginnt wieder das grauenhafte Spiel des Instrumentes, Stimmen grölen ...
Langsam schwimme ich an das andere Ufer.

Lyr flieht nach Grypswold

Lyr

Mit klappernden Zähnen sitze ich im Schilf und starre auf das andere Ufer. Langsam wird es heller, wie kleine Hügel liegen die Schlafenden und die Toten. Das Feuer ist heruntergebrannt. Dort muss Ture liegen!
Ich beiße mir auf die Knöchel. Ture! Wieder und wieder schießen mir die Tränen in die Augen. Ich versuche, an andere der Dorfbewohner zu denken, an das Gemetzel im Langhaus. Gab es Menschen, die fliehen konnten? Vorsichtig strecke ich den Kopf aus dem schützenden Schilf. Links neben dem Lagerplatz der Soldaten steht das Langhaus. Die Dächer vieler Häuser des Dorfes glimmen noch, träge drehen sich Rauchsäulen in das morgendliche Dämmern. Einer der Soldaten rappelt sich auf, ich

ducke mich tiefer. Er pinkelt in den Fluss, räuspert sich, spuckt aus, sein Auswurf klatscht in das Wasser. Der kann es nicht gewesen sein, der in mir steckte! Der liegt jetzt tot neben dem Langhaus. Ich greife in mein Gesicht, wie eine Schwarte klebt sein geronnenes Blut an meiner Wange. Unschlüssig polke ich daran, ganze Fladen lösen sich. Ich bücke mich tiefer, bis ich den Schlamm des Flussbettes in den Händen halte. Langsam drücke ich den Schlamm auf meine Wange, reibe auf und ab, reibe über Stirn und Augen, reibe über den Mund. Ich schnappe nach Luft, ein Schluchzen entweicht meinem Brustkorb. Der Soldat, bereits wieder auf dem Weg zum Feuer, reißt den Kopf herum. Er starrt und starrt, bis ein Reiher quarrend aus dem Schilf aufsteigt.

Ich muss das Wasser verlassen, mich schüttelt es, ich kann nicht mehr still halten!

Meine Füße stecken tief im Schlamm, doch als ich ziehe, lösen sie sich. Meine Hände teilen das Schilf, mehr rutschend als gehend komme ich vorwärts, bis das Ufer ansteigt. Im Schutz des Schilfgürtels erreiche ich die Stelle mit dem besten Blick auf das Langhaus. Deutlich sehe ich den Toten mit verdrehten Gliedern neben meinem Muli liegen. Keine Bewegung zeugt von Überlebenden. Die Strahlen der aufgehenden Sonne beleuchten den Fluss. Ich bücke mich tief, der Schilfvorhang ist dünn. Auf allen Vieren krieche ich weiter flussauf, bald kann ich gebückt laufen, bis ich außer Sichtweite des Dorfes bin.

An einer kleinen sandigen Bucht, Mündung eines Baches, kann ich unbehindert den Flusslauf erreichen. Ich streife mir das zerfetzte Kleid ab, knülle es zusammen. Eine Bernsteinschließe leuchtet im tief stehenden Licht. Ich tauche den länglichen Stein in das Wasser, wasche den Schmutz ab, das Blut…

Jetzt leuchtet der Stein wieder. Da stehe ich, nackt, starre auf den Stein und Träne über Träne rollt mir über das Gesicht. Ich knie nieder, presse mein Kleid an die Stirn, wie Schreie entweichen mir die Schluchzer. Dann geht der Krampf vorüber, erschöpft liege ich im flachen Wasser. Zwischen meinen Beinen ist Blut, ich wasche mich gründlich, wasche mich, wasche mich…

wasche mein Kleid, wringe es aus, den zusammengeknüllten Strang halte ich mit einer Hand in die Höhe, als ich über den Fluss schwimme.

Ein Blick über das Wasser zurück: Die Schiffe Bogislaws sind nahe der Brücke festgemacht. Die Mörder tragen die Beute an Bord.

Schon bin ich wieder an den Schilfbülten angekommen. Mit den Füßen spüre ich die weichen Torfballen, harte Muschelschalen. Ich habe Hunger!

Schnell habe ich eine Hand voller Muscheln aus ihren torfigen Höhlen gezogen, geknackt und gierig verschlungen. Wie ein warmer Stein wärmen sie meinen Bauch. Wieder teile ich die Halme mit den Händen, sorgsam darauf bedacht, mich nicht allzu sehr zu verletzen. Meine Knie schrammen über Muschelschalen und totes Schilf. Hier ist es schattig und kalt, das feuchte Kleid wärmt mich nicht.

Ich schaue an mir hinunter. Der Riss geht bis zur Hüfte, meine blutigen Knie leuchten rot, auch die Füße bluten ein wenig.

Wo soll ich hin?

Zurück nach Grypswold?

Ob die Soldaten auch die Stadt überfallen?

Ich weiß es nicht.

Tures Bestattung?

Ich kann es nicht!

Wie beginnt mein Weg zurück?

Mit dem ersten Schritt.

Dem nächsten.

Meine Ohren summen.

In meinem Schädel kreist die irre Melodie, Schalmeiengedudel vom Feuer der Soldaten.

Tures tödlicher Tanz, ein Schattenspiel.

Ein Hammer, der Hammer des Schmiedes?

Ture selbst, ein Schatten.

Die Erinnerungen:

Ich schwebe, Tures Arme tragen mich. Seine tiefe Stimme nahe an meinem Ohr:

„Du musst die Arme strecken, wie ein Frosch!"

Seine großen Hände an meinem Hintern.

„Du bist kalt, wie ein Frosch!"

Ture in mir,

meine Beine um ihn geschlungen.

Fast wäre ich Reitern in die Arme gelaufen. Mit einigen schnellen Sprüngen verschwinde ich im Wald.

Die Hufeisen klappern, die Reiter verschwinden in Richtung Moorbrüggen. Die Sonne steht hoch, Bienen summen und erste Spinnweben fliegen.
Das Leben geht weiter, als gäbe es keine Schiffe, keine Brände, keine Pfeile, keine Schwerter, keine Hämmer...

Am Abend höre ich die Glocken der Klosterkirche in Grypswold. Ich bin wieder zu Hause.
Und meinen Mann?
Den habe ich verloren.
Arne öffnet das Tor. Entgeistert starrt er mich an. Ich schiebe ihn zur Seite. Die Frauen sind noch bei der Arbeit. Durch die angelehnte Tür höre ich die umgebauten Spinnräder surren, eine kleine Melodie

erklingt, Stimmen tönen, ein Lachen, dann singen alle.

Ich schließe die Tür zu meiner Kammer leise hinter mir.

Auch Orte können sterben

Ture

Es summt, hört auf, summt wieder. Ein Auge kann ich öffnen, das zweite bekomme ich nicht auf, das Lid ist an den Wimpern zusammengeklebt. Ein Kribbeln auf meiner Hand, ich hebe den Kopf etwas an, um zu sehen. Eine fette Fliege! Die Sonne steht tief hinter dem Langhaus. Wieso liege ich hier?
Ich will aufstehen, ein Arm liegt über meiner Brust. In meiner linken Brust zieht es barbarisch. Nachdem ich den Arm von mir geschoben habe, drehe ich mich zur Seite. Die Abendsonne leuchtet einem Toten in die gebrochenen Augen. Ich taste meine

Brust ab, ein abgebrochener Pfeil, mit einem Ruck ziehe ich ihn heraus. Saß schräg, das Ding, mein Glück!

Es ist still in Moorbrüggen. Zwischen den Bohlen der zerbrochenen Brücke strömt der Fluss. Das Langhaus steht wie ein verwundetes Tier. Die Soldaten haben die Stützbalken herausgerissen. Neben dem Tor, an der Stelle, wo ich Lyrs Peiniger erschlug, liegt ihr totes Muli. Ich gehe zu ihrem Wagen. In der Kiepe leuchten die Bernsteinschließen. Ich nehme die Kiepe an mich. Der Boden des Langhauses ist mit Toten übersät. Vor dem Tor liegen ebenfalls Leichen, die Unterleibe entblößt.

Die Dorfstraße liegt öde, tote Tiere am Wegesrand. Oben am Hang, unser Haus, nur noch ein Haufen Asche, nur der Kamin steht noch. Ich schiebe vorsichtig die glimmenden Reste des Daches zur Seite.

Inger!

Jon!

In der Nordostecke ist Ole verbrannt.

Ich kippe den Korb aus, sammle ihre Gebeine ein. Viel ist es nicht. Ich werde sie später beim Lebensboot meiner Eltern bestatten.

Es wird wieder dunkel, doch ich weiß, was ich tun muss:

Ich ziehe die Toten in das Langhaus. Unsere Toten!

Im Schein des brennenden Hauses zerre ich die Leichen der Soldaten zu den Resten der Brücke. Leider sind es nur wenige. Mit einem Tritt schicke ich sie auf die Reise flussabwärts.

Jetzt fängt das Dach des Langhauses Feuer. Die Flammen steigen hoch zum Himmel empor, so hoch, sogar die Sterne werden durch den Rauch verdeckt.

Die gebrochenen Stützen können das Gebälk nicht mehr tragen, mit einem klagenden Geräusch vollendet sich der Niedergang des größten Gebäudes.

Dann rauscht nur noch das Feuer, ab und zu knallt ein brennender Balken, Glut spritzt, aus den Tiefen des Feuers steigt übler Bratengeruch auf.

Dem Tod ein Festmahl!

Ich schlucke.

Warum nur?

Was haben wir getan?

Wegen der Steuerpfennige?

Ich sehe den spuckenden Steuereintreiber, den wackelnden Kopf, als er mit seinen hochmütigen Reitern davon ritt.

„Komm zurück! Das ist es nicht wert!"

Zu spät.

Das ganze Dorf liegt hell beleuchtet.

Mein Vater liegt, wie ihn die Schergen Bogislaws erwischten. Seine Hand umklammert die Stange mit der eisernen Spitze.

Abel! Kleiner Mann mit großem Mut!

Ich greife mit beiden Armen unter seine Brust, hebe an, schleifend folgt uns die Stange. Abel lässt nicht los!

Mit ihm soll unser Haus sterben. Das Dach brennt, die Balken, bald brennt der Steg, die Flammen fressen sich langsam an den Brückenkopf voran. Stange für Stange, Netz für Netz werfe ich in das Feuer, selbst das Kajak muss dran glauben.

Da! Jetzt brennt der Brückenkopf!

Lustlos erst, bis ich das Feuer wieder nähre.

Dankbar steigen die Flammen auf, beginnen ihren Weg über den Fluss.

Ich aber nehme meine Kiepe und steige den Hang hinauf, zu den Steinsetzungen meiner Ahnen.

Im flackernden Licht der Brände sehe ich den Fluss, die glühenden Lichtpunkte der Häuser, das immer noch hell brennende Langhaus. Warum brennt und brennt das Haus? Es ist das Fleisch, das Leben des Dorfes, auf dem Weg in den Himmel.

Ich knie nieder und grabe den Sand aus unserem Versteck. Als ich die Münzen des Ranenschatzes fühle, halte ich inne. Vorsichtig lege ich die Knochenreste meiner Lieben in die kleine Grube. Ich erhebe mich, der Beutel liegt schwer in meiner Hand. Langsam schnüre ich ihn auf, drehe ihn, das Silber blitzt auf, fällt in die Asche, schlägt aneinander, ein leises Klingen ertönt. Die letzte Münze halte ich fest in der Hand: Das Porträt des Königs der Ranen ist sorgfältig eingeprägt. In hohem Bogen werfe ich die Münze in Richtung Fluss.

Meine Tränen fließen.

Die Feuer gehen nieder, nur das Langhaus brennt und brennt.

Ein Stück der Brücke bricht, die brennende Insel treibt flussab.

Im letzten Schein der Flammen schiebe ich den Sand über die Gebeine.

Träge verlöschen die letzten Flammen. Als die Sonne wieder aufgeht, ist Moorbrüggen gestorben.

Tures langer Marsch

Ture

Meine Hände sind voller Ruß, meine Beine sind schwer. Schritt für Schritt tragen sie mich flussabwärts. In meinem Kopf kreist ein Gedanke: Damit darf der Herzog nicht durchkommen!
Das dürfen Menschen einander nicht antun!
Was haben wir ihm getan?
Der Weg verschwimmt mir vor den Augen. Ich kann nicht mehr.
Am Fuße eines Hanges plätschert Wasser über den Pfad. Ich setze mich auf einen Stein, aus der Pfütze stiert mich ein hohläugiger, bärtiger Kerl an, struppige Haare, ein verschmiertes Gesicht.
Das bin ich, das ist, was von Moorbrüggen übrig ist.
Eines ist klar, so komme ich nie bis zum Herzog. Bogislaw mag ein Mörder sein, doch ein leichtsinniger Mann ist er sicher nicht. Ich schöpfe

Wasser aus dem kleinen Rinnsal, wasche mein Gesicht, so gut es eben geht. Mein Umhang stinkt, mehrere Brandlöcher gestatten großzügigen Durchblick: die Brustwunde ist etwas angetrocknet, doch aus dem Einschussloch des Pfeiles rinnt ein kleiner nässender Fluss.

Was half gegen Wunden? Giersch? Ampfer? War es Schafgarbe? Auf der Wiese steht ausreichend davon zur Verfügung. Ich zerreibe einige der feingliedrigen Stängel, einige Blüten, verteile den Brei auf der Wunde. Ein Umhang, eine Decke wäre nicht schlecht, irgendetwas, was das Äußere des Kriegsopfers, des Verzweifelten verbirgt.

In der Ferne rauchen Kamine, Herdfeuer, dort werde ich fragen.

Ein schiefes Gatter schützt einige Hühner. Ein Schwein liegt im Schlamm, springt auf, als ich die Hand auf das Tor lege, verdrückt sich hinter dem Haus. Die Tür steht weit offen, kein Mensch ist zu sehen. Aus dem Dunkel der Behausung schälen sich einige Gegenstände, ein wackliger Tisch, etwas Brot darauf, über dem Herdfeuer dampft es. Mir läuft das Wasser im Mund zusammen, doch ohne zu fragen? Meine eigene Stimme jagt mir einen Schreck ein.

„Ist hier jemand?"

Nach einem kräftigen Räuspern geht es besser.

„Keiner zu Hause?"

Ich zucke die Schulter, drehe mich um. Aus dem Apfel-baum heraus fragt mich eine helle Stimme.

„Bist du aus Moorbrüggen?"

Zwei blitzende Augen in einem weißen Gesicht leuchten zwischen den Zweigen. Ich nicke nur, schlucke.

Ein Junge springt aus den Zweigen, fast schon ein Mann. Er winkt mir.

„Komm mit!"

In der Hütte angekommen, schiebt er die Bank hinter dem Tisch zur Seite. Eine Hand erscheint auf der Lehne, ächzend stützt eine alte Frau ihren Rücken, als sie ihr Versteck hinter der Bank verlässt. Der Junge hält mir den Brotkanten hin.

„Hast du Hunger?"

Ich kaue mit vollen Backen, gutes Brot. Der Junge starrt mich an:

„Ich habe die Feuer gesehen!"

Der dicke Brei schmerzt beim Schlucken, die Alte gibt mir wortlos einen Krug. Milch!

„Ihr besitzt auch Ziegen?"

Der Junge zeigt mit dem Kinn in Richtung des Waldes.

„Die sind versteckt. Nur das Schwein, es blieb hier, als Bogislaws Männer kamen."

Er lacht verschmitzt.

„Muss sich versteckt haben, sonst hätten die es bestimmt mitgenommen. So ein Schwein!"

Die Alte zieht meinen Umhang zur Seite. Ich zucke zurück, die Kräuterpackung rutscht von der Wunde.

Sie schüttelt den Kopf.

„Ts, ts, ts… muss ausgebrannt werden!"

Neben dem Herd hängt ein Schüreisen.

Mir dreht es im Kopf.

Am nächsten Morgen liege ich auf der Bank, meine Brust brennt, doch es ist ein guter Brand. Das Einschussloch liegt trocken, der Ausfluss ist versiegt. Die Augen der Alten! Sie beugt sich über mich, ein tiefes Blau zwischen den Runzeln.

„Hast du keinen Menschen mehr?"

Ich sehe Lyr vor mir, ihre blauen Augen, ebenso blau, wie die der Alten. Ihre Stimme flüstert:

„Nur noch den Herzog?"

Ganz warm wird mir, doch, doch, doch, ich habe Lyr!

Ich schüttle den Kopf. Wie ein Krächzen kommt es aus mir heraus.

„Lyr!"

Sie streicht mir über das Haar.

„Vergiss den Herzog!"

Arne wirbt

Keine Spur mehr von Arnes Schüchternheit! Er ist jetzt ein ganzer Kerl, ein Kaufmann, mit allen Wassern gewaschen. Und manchmal, wenn die Stimmung auf einer Feier zu trübselig wird, wenn müde Kunden mit schönen Frauen aus vollen Krügen schlürfen, holt er die Flöte hervor. So kam es, dass viele der weinseligen Kunden nicht nur Waffen von Arne kauften, sondern ganz umsonst gleich noch ein prächtiges Geweih dazu erhielten. Sein Flötenspiel hat darunter nicht gelitten: zarte Lieder, die das Herz schmelzen lassen, folgen auf robuste Tänze, die von einlullenden Schlafmelodien abgelöst werden. Das Programm ist situationsabhängig. Oft wird dem leicht angesäuselten Patrizier oder Rittersmann körperlich das Letzte abverlangt. Die künftig Gehörnten jagen durch die Räume, mit blitzenden Augen, bis zur Erschöpfung getrieben von Versprechen, die an diesem Abend von ihren Frauen nicht gehalten werden. Wo bleibt die Politik? Wo bleiben die Bündnisse, Grundlagen ungeliebter Pflichten, Grundlage der Geburten von Stammhaltern und künftigen Ehefrauen, wiederum gemacht, Bündnisse zu stiften? Die Frau, mit bebenden Brüsten und wogenden Hüften, der Verstand ist dahin, geiler Schweiß macht tiefen Durst. Der nächste Becher wird geleert, der Flötenspieler winkt bescheiden ab, auch die Gattin greift nun zum Wasser! Der Mann jagt weiter, trinkt, bis er sich kurz niederlassen muss. Jetzt ist der Programmwechsel fällig: Leise klingen liebliche Schlaflieder, der letzte Trunk wird gereicht. Ein schwerer Kopf sinkt auf ein verbrämtes Wams, ein letztes Aufbäumen, ein verwirrtes Lallen, dann wird der ausgebrannte Tänzer in seine Kemenate verbracht.

Ein Flüstern:

„So ist er sonst nie!"

Ein Augenaufschlag, eine Träne, vielleicht:

„Spielst du mir noch etwas auf?"

Klar doch, Arne spielt auf.

Pst, pst, nicht so laut!

Bei Lyr ist alles anders. Spielt Arne seine Melodien, zieht sich Lyr zurück. Zeigt er die Tagesumsätze, umfangreiche Listungen, lächelt sie höflich.
Plant er nächste Unternehmungen, nickt sie müde.
Lyr ist nicht bei der Sache. Sie geht umher, wie eine Tote unter Lebenden, selbst Wenzel ist das zu viel!
Der Vater ist inzwischen Ausgedinger. Seine Truhen sind voll, gefüllt mit dem Reibach aus dem Verkauf von Knöpfen!
Er hat gut lachen: wenn Lyr vorüberzieht, streichelt er gern ihren Kopf. Sie lächelt ihn an, mit traurigen Augen.
Warum lässt sie sich nicht auf das Werben Arnes ein? Er weiß es nicht, und an manchen Abenden kriecht er in ihr Bett. Gern wärmt sie ihn, doch alle Tricksereien, seine glühende Liebe zu zeigen, weist sie ab. Sie schiebt ihn einfach weg, wie einen aufdringlichen Hund.
Langsam wird Arne sauer. Wozu hat er all die Jahre auf sie gewartet? Warum darf sie hier leben? Die

ganze zweite Etage ist ihre Werkstatt geworden? Doch schließlich nur wegen ihm! Ein wenig Dankbarkeit wäre nicht schlecht!

Er wird es heute Abend wieder versuchen!

Arne

Was für ein Tag! Zwei Prahme sind fertig, sie können Salz, Ziegel, Torf und Sand transportieren. Solide Schleppkähne, abgestimmt auf die Möglichkeiten der Treidler. Ich habe an der Mündung der Hilda, gleich neben der Treidlerhütte Marthas mehrere Schleppdächer und mein Kontor aufstellen lassen. Der Vorteil: Nun können die Treidler bei günstigem Wind die Waren aus Grypswold an die Mündung bringen. Von dort ist das Verladen auf die größeren Lastensegler einfach. Andersherum sorgt mein Zwischenlager dafür, dass die großen Handelssegler sich nicht in die Hilda hinein quälen müssen, eine Plackerei für die Mannschaft und die Treidler! In den Werften schneiden die Sägeknechte die neuen Balken. Bald sind meine Anleger so weit, dass die Waren trocken und schnell umgeladen werden können. Und die Patrizier? Die werfen mir Steine in den Weg. Ich soll ihren Handel unmöglich machen, dabei sitzen sie in ihren Speichern, wie die Spinnen in den Netzen! So ist das Leben eben, das Neue kommt und Altes muss weichen!

Der Handel mit Wollin läuft gut. Die Brücke in Moorbrüggen ist ja nun hin, nun muss alles über den Seeweg. Mir soll es recht sein, wenn nur Lyr etwas mehr zu mir halten würde! Seit ihrer Rückkehr aus Moorbrüggen ist sie völlig verändert. Was kümmert sie Moorbrüggen? Hier spielt die Musik!

Ich muss es wieder versuchen, ich muss es zwingen. Lyr ist noch blühend, doch wie lange wird sie noch Kinder bekommen können?

Ihre Kammertür ist wie stets offen. Ich streife mein Hemd über den Kopf und schlüpfe unter die Decke. Dann lege ich meine Hand auf ihre Hüfte und denke ganz fest an unser künftiges Kind. Bei mir wirkt das, ist alles so wie es sein soll! Langsam rücke ich dichter. Damit sie spürt, was ich will, schiebe ich die Hand von hinten zwischen ihre Beine. Sie seufzt! Ein gutes Zeichen? Meine Hand ruht zwischen ihren Schenkeln, warm und weich ist es da. Ich spreize den Daumen ab, berühre leicht ihre warmen Schamlippen.

Verdammt! Das war zu viel! Sie reißt die Beine auseinander, meine Hand rutscht ab. Sie faucht:

„Lass das!"

Ich starre wütend in das Dunkel. Nach einer Weile beschließe ich, zu einer der Mägde zu gehen. Deren Tür ist zwar verschlossen, doch als ich klopfe, geht sie nach kurzer Zeit auf. Der Duft eines Mädchenkörpers umfängt mich, warme Arme, ein heißer Kuss.

„Wenzel!"

Oh Mann! Der Vater! Ich muss grinsen. Die Magd greift in meine Haare.

„Arne?"

So ist es besser!

Ganz unten

Ture

So traue ich mich nicht unter Lyrs Augen. Ich muss Zeit gewinnen. Zu den Straßenarbeitern und den Fischkäufern kann ich ebenfalls nicht. Die würden meinen Zustand brühwarm auf dem Markt herum tratschen.
Fehlt mir noch, dass Lyr nach mir sucht. Ich muss mich selbst finden!
Mein Zustand? Wie soll er sein, zum Auftritt in der Treidlerhütte könnte er reichen! Nach dem Verlassen des Hofes hatte ich zwar saubere Sachen an, doch zerfetzt waren sie immer noch. Die Pfeilwunde ist gut verheilt, schließlich hat mich ein Fährmann auf die Insel übergesetzt. Ich war in der Pommernburg, ich konnte den Herzog nicht vergessen. Am Markttag strömten die Bauern in die Burg; ich lief einfach mit ihnen hinein. Die Soldaten standen lässig

am Tor, keiner beachtete die einfachen Leute. Ich habe jedes Gesicht gemustert: einen der Torwächter erkannte ich wieder. Heute Abend, sang es in meinem Kopf, heute Abend!

Bogislaw verließ mit einer Gruppe seiner Männer das Haupthaus. Ich hatte ein Messer, doch sein Tod wäre gleichzeitig meiner gewesen. Er ist ein alter, gebeugter Mann. Der Herzog geht am Stock! Das will ich ihm nicht nehmen, soll er bis zum Tode weiter humpeln.

Den Kerl am Tor aber, den habe ich mir gegriffen. Ich packte ihn im Dämmer des Torbogens am Hals, stieß von hinten zu. Als er in meinen Armen den letzten Kampf austrug, habe ich ihm immer wieder ins Ohr geflüstert:

„Für Moorbrüggen, Moorbrüggen, Moorbrüggen…"

Als sein Kumpan in das Dämmerlicht spähte, ließ ich ab von ihm, keiner hinderte mich am Gehen. Einer lief mir nach, rief, ich ging einfach weiter. Den Griff an meine Schulter: er konnte ihn nicht mehr bereuen.

Dann musste ich mich verstecken, das Schilf nahm mich auf. Immer wieder: das Schilf.

Ich schwamm über den Strom, inzwischen war das Wasser kalt. Am anderen Ufer nahm mich der Wald auf. Zwei Tagesmärsche brauchte ich die Küste entlang, die Fischer halfen mir, die Bauern, kleine fahrende Händler brachen mit mir ihr Brot. Alle hatten sie Angst, vor mir, vor den Soldaten Bogislaws, Jaromars, des Löwen …. Sie sind das Salz der Erde, helfen, wo sie können. Sie sind bescheiden und genügsam, geduldige Wanderer, finden keine Ruhe, ihr Begleiter ist die Angst. So wenig ist ein Leben wert. Je mehr wir auslöschen, umso wertloser wird es.

Kann die Stadt helfen? Wie ist es dort, wenn es brennt, wenn sie verheert wird?

Wird Grypswold auf alle Zeit verschont? Die Nachrichten aus der Stadt zeugen von Aufschwung und Wachstum. Was aber, wenn Bogislaw Grypswold überfällt? Kann Jaromar die Stadt beschützen? Oder wird der Fürst aus der Ferne erleben, wie seine Untertanen getötet werden?

Können die Bürger der Stadt ihr Grypswold verteidigen? Die vielen Menschen, was, wenn die aus jeder Straße eine Falle machten, mit Pfeilen aus den Fenstern schössen?

Kann ein Angriff eine Stadt zu Fall bringen, wenn sich alle Bewohner einig sind?

Ich werde über diese Fragen mit Lyr reden. Vielleicht finden wir eine Möglichkeit, die Herzöge und Fürsten vor den Toren der Stadt aufzuhalten? Wenn die Stadt, wie die Burg Bogislaws einfach durch Mauern umfriedet wäre? Wäre sie nicht selbst eine Burg? Was haben die Bürger mit dem Krieg der Fürsten zu tun? Sollen sich deren Soldaten die Schädel einschlagen! Unsere aber nicht!

Ein Dorf ist nicht zu schützen, doch bei einer Stadt könnte es gehen! So vor mich hin spinnend erreichte ich schließlich die Mündung der Hilda. Wieder schwamm ich durch den Fluss, bat nass und klamm um Einlass. In der Treidlerhütte brannte ein helles Feuer, der junge Treidler stutzt kurz, als er an mir vorbeihuscht.

„Du? Ich bin gleich wieder da, muss Holz auflegen."

Das Signalfeuer leuchtet heller, als der Junge zurückkommt. In der Hütte rührt Martha ihre dicke Suppe.

„Willst du essen…?"

„Ture, ich heiße Ture!"

Martha nickt. „Ich erinnere mich gut: wir tanzten, als Arne spielte!"

Martha schöpft eine Kelle in eine Holzschale, knallt sie auf den Tisch, gibt ihr einen Stoß. Die Schale rutscht auf mich zu. Ich senke den Blick.

„Ich habe kein Geld!"

Der Treidler fummelt eilig an seinem Beutel.

„Ich bezahle!"

In der Suppe schwimmen fettige Brocken. Die Brühe wärmt.

„Kannst den Umhang an das Feuer hängen – ist ja klitsch-nass!"

Martha fuchtelt mit der Kelle.

„Übrigens, der Bootsmann, der Arne, mit dem du gekämpft hast, der ist jetzt großer Kaufmann! Und Kapitän! Seine Schiffe haben zwar keine Segel, doch sie können Massen an Ladung aufnehmen."

Schiffe ohne Segel. Bei Martha sind wohl einige Töpfe verrückt! Sie sieht meine zweifelnde Miene.

„Geh nur hinaus, sieh es dir an!"

Der kalte Wind schlägt mir um die Brust, das Signalfeuer leuchtet hell. Hinter einem Segler liegen tatsächlich riesige, breite Schiffe, ganz ohne Segel, ganz ohne Ruder.

Der Junge stellt sich neben mich.

„Das sind Arnes Prahme. Seit die im Wasser sind, haben wir statt zwei, drei Treidelzügen am Tag fünf und mehr zu ziehen!"

Ich fasse sein Hemd an:

„Du musst nicht über den Fluss schwimmen?"

Der Junge zeigt auf ein kleines Boot.

„Das ist mein Leinenleger, mit dem fahre ich jetzt auf die andere Seite!"

Wie zum Beweis springt er in das kleine Boot, gemeinsam fahren wir an den Prahmen vorbei, das Holz des neuen Anlegers leuchtet noch hell.

„Braucht Arne Treidler?"

Der Junge nickt nur. Martha gibt mir Bier. Am Abend darauf kann ich das Bier bezahlen. Meine

Tage verschwimmen in einem gleichförmigen Auf und Ab, immer den Fluss entlang, von Hütte zu Hütte, von Abend zu Abend, von Rausch zu Rausch. Ich spüre die Wunde nicht mehr, neue sind hinzugekommen: Das Seil ist schwer und reibt. Pinkel soll helfen. Ich reibe die Schultern mit Urin ein, bis mich Martha des Schuppens verweist:
„Erst waschen, dann kannst du rein!"
Ich wasche mich, sie gibt mir Bier. Wieder ziehe ich den Weg flussauf, flussab, unstete Bilder ziehen an mir vorbei, die Gesichter Ingers, meiner Jungen, Abel, dann Lyr...

Lyr hat Durst

Lyr

Wie braune Büffel ziehen die Treidler den Prahm. Nur der jüngste Treidler sieht aus wie eine Ziege zwischen lauter Rindern! In der spätsommerlichen Wärme heizen die Salzsäcke. Ich werde die Kiepe mit meinen Bernsteinknöpfen an einen pommerschen Händler übergeben, dann geht es wieder zurück. In der Ferne sehe ich die Türme und Häuser meiner Stadt. Ist diese Stadt, ist Grypswold nun meine Heimat? Jetzt, wo mein Mann Ture, mein Vater Abel, mein Dorf gestorben sind?

Ich habe viel Geld verdient. Ob ich nach Moorbrüggen zurück gehe? Ganz allein das Dorf wieder aufbaue? Ob mir Arne wohl helfen würde?

Arnes scharfes Gesicht taucht vor mir auf. Ja, der würde helfen, wenn es dabei Geld zu verdienen gäbe! Die Sonne brennt immer heißer, der Prahm bietet keinen Schatten. Die Salzsäcke heizen wie kleine Öfen. Ich öffne meine Schließen, lasse die Luft in meine Kleider fahren. Ein Schaudern läuft über meine Haut, meine Brustwarzen reiben am derben Stoff.

Ich muss an die letzte Nacht denken: Arne wurde immer drängender. Ich spürte, wie stark er mich begehrt, doch ich konnte nicht… Voller Wut verließ er mein Zimmer, wenig darauf hörte ich die wilden Paarungsgeräusche aus der Mägdekammer. Wenn das so gehen soll, kann ich erst recht nicht! Was denkt sich denn der Kerl!

Die Sonne hat den Höhepunkt überschritten, wenn ich heute noch zurück will, muss ich mich sputen. Der Prahm wird von den Treidlern am Nordufer der Hilda festgemacht. Die Männer vom Südufer steigen in das Boot, sie haben eine kurze Rast verdient!
Am Segler aus Wollin treffe ich meinen pommerschen Händler. Schnell haben wir das Geschäft abgewickelt. Vor der Rückfahrt muss ich unbedingt noch einen Schluck trinken! Ich steuere also zielstrebig Marthas Katen an, im Dunklen sitzen die vier Treidler, vor sich die halbleeren Bierhumpen.
„Martha, schenkst du mir auch ein Bier ein?"
Einer der Treidler duckt sich tief über den Krug. Er sieht im Halbdunkel ein wenig wie Ture aus. Ich trinke das Bier mit großen Schlucken, je mehr sich meine Augen an das Halbdunkel gewöhnen, umso ähnlicher kommt mir der Kerl meinem Ture vor.
Ich setze mich auf die Bank und starre ihm unverhohlen ins Gesicht. Der Bart ist grauer, die

Augen sind trauriger, und überhaupt, mir scheint der Bursche nach Pisse zu stinken!

Ich wende mich ab. Diese Ähnlichkeit aber auch!

Mein Bierkrug ist leer, ich gebe Martha den obligatorischen halben Pfennig, die Tür bleibt angelehnt.

Der Ziegentreidler kommt vom Signalfeuer gesprungen.

„Hast du Ture getroffen?"

Ich stutze, ziehe die Tür weit auf.

„Ture?"

Der Mann steht auf, steht krumm, wie ein Fragezeichen.

„T-T- Ture?"

Noch einige so blöde Fragen kann ich mir wohl sparen. Ich dränge mich hinter dem Tisch durch. Ture stinkt nicht nur nach Pisse, er stinkt ebenso stark nach Bier.

Ich packe seinen Bart, ziehe sein Gesicht näher an meines. An den Augen erkenne ich ihn: Es ist Ture!

Ich klammere mich an ihn, ziehe den strengen Geruch ein. Es ist sein Geruch.

Zögernd nimmt er mich in die Arme.

„Lyr, meine Lyr!"

Er schaukelt wie ein Bär: er ist vollständig betrunken. Ich umfasse seine Hüfte, leite ihn aus der Hütte. Draußen kneift Ture die Augen zusammen, geblendet vom Licht der tiefer stehenden Sonne.

Seine Arme hängen herab, er zuckt mit den Schultern.

„Und nun?"

Geduldig, als wäre er ein Kind, als wäre ich ein Kind, nehme ich seine schwere Hand, führe ich ihn zum leeren Prahm.

„Nun fahren wir nach Grypswold!"

Seine Augen, sie sind stumpf, wie Asche. Wozu? Ich höre seine Stimme, doch seine Lippen bleiben unbewegt.

Warum? So fragen seine Augen.

Ich halte ihn fest, leise schwanken wir hin und her, wie Rohr.

Ich sehe ihn an, dicke Tropfen quellen hinter dicken Lidern hervor.

„Wir werden es nie verstehen!"

Nach einer langen Pause:
„Komm trotzdem!"

Pflegefälle

„Sind wir ein Spital, ein Säuferheim?"
Es herrscht keine gute Stimmung im Haus am Markt.
Eine Lösung muss her. Wenzel nahm es zunächst leicht. Auf einen Esser mehr kommt es nun wirklich nicht an! Kein Problem, der Laden brummt schließlich!
Es ist das alte Lied von den Gästen, dessen Strophen sehr sehr kurz sind, wenn es sich dazu noch um ungeliebte Gäste handelt. Als sich das Tor das erste Mal für Lyr und Ture öffnete – Lyr führte Ture an der Hand -, spiegelte sich noch Verblüffung in den Gesichtern der Bewohner. Die anfängliche Bereitschaft, dem armen Überlebenden zu helfen, wich kritischem Staunen über seinen immensen Bierdurst. Die im Überschwang der ersten Abende, Lyr hatte den stinkenden Ture durch mehrere Bäder auf Vordermann gebracht, geäußerten Zusagen der

unbefristeten Behausung und Beköstigung, wich stetiger schlechter Laune.

Die Diskussionen über Sinn und Unsinn der Unterbringung des versoffenen Fischers kippten mehr und mehr in die Richtung der unverhohlenen Ablehnung, festgemacht an subtilen Zeichen, die leider bei den Adressaten nicht ankamen.

Ob zu den gemeinsamen Tagesmahlzeiten für zwei oder vier Personen gedeckt wurde, schien Lyr nicht zu interessieren: In aller Ruhe stellte sie zwei weitere Teller hinzu, schnitt für Ture und sich etwas Brot vom Laib, goss Ture und sich von der morgendlichen Milch ein.

Nur einmal, als Wenzel und Arne den Schlummertrunk nahmen und das Bierfass in der Kammer trocken stand, krachte die Tür, als Ture über den Markt in der nächsten Kaschemme verschwand.

Lyr schien auch diesen kleinen Eklat nicht zu bemerken. Klaglos folgte sie ihrem Leidenskameraden, führte ihn, der, stramm wie eine Gerte, mit glasigen Augen nicht mehr ganz bei sich schien, zurück in ihre Kammer. An dieser Erscheinung nun schieden sich die Geister endgültig, denn trotz eines dicken Fells, mochte Arne Lyrs Bett nicht mit einem nach Bier stinkenden Saufsack teilen.

Die Geräusche lauten, fast wütend zu nennenden Gerammels drangen nun Abend für Abend aus der Kammer der Magd. Lyr ignorierte auch dies vollständig, an den dunkel unterlaufenen Augen Arnes erkannte sie jedoch, dass es so nicht weitergehen konnte.

Nicht die Streithähne selbst, nicht die angesäuerten Gastgeber, ergriffen also die Initiative, sondern Lyr bat eines Tages um eine abendliche Aussprache.

Da saßen sie am Tisch: Wenzel, entspannt, interessiert und kompromissbereit, Arne mit zusammen gezogenen Augenbrauen, die Unterarme vor der Brust verschränkt und Ture, leicht zappelig, den Blick gesenkt.

Lyr trat ein, die Blicke flogen ihr entgegen. An ihrem einfachen Kleid leuchteten wieder die warmen

Bernsteinschließen und die silberne Spange der Wikinger lieferte den kalt glänzenden Kontrast.

Wenzels Augen leuchten, er legt die Hände wie ein zufriedener Kater übereinander.

Was für eine Frau!

Arnes Gesichtsausdruck wird noch finsterer.

Nur Ture bleibt scheinbar unberührt.

Lyr setzt sich nicht zu ihnen. Sie umfasst die Lehne des freien Stuhles.

Sie dankt Arne für die Gastfreundschaft, sie dankt Wenzel für die Unterstützung.

Alles hat seine Zeit, nun muss sie sich um Ture kümmern.

Ture zuckt zusammen, dann lässt er die Schultern wieder sinken.

So kann es jedenfalls nicht weiter gehen.

Hat einer von den Männern einen Vorschlag?

Ihr Blick fasst einen nach dem anderen ins Auge.

Eine peinliche Stille herrscht im Raum, jetzt starren alle drei Männer auf den Tisch, als könnten sie dort Rat finden.

Wenzel streicht einige Male mit der Handfläche über das dunkle Holz, als gefalle ihm nicht, was er dort sieht.

„Du, … ihr wollt uns verlassen?"

Lyr nickt.

„Es wird nicht anders gehen. Kannst du uns ein letztes Mal unterstützen?"

Wenzel hebt fragend die Hand, nickt.

„Hilfst du uns bei der Quartiersuche?"

Der alte Mann schaut auf seinen Sohn, der den Kopf jetzt mit beiden Händen stützt.

„Arne, es muss sein!"

Er greift zur Hand seines Arne, dann sieht er Lyr in die Augen.

„Ich helfe euch!"

Aufschwung?

Lyr hat es geschafft: Ture trinkt nicht mehr, ihre neue Wohnung, ihr neues Leben bringt wieder ein wenig Glanz in seine Augen.
Ihr flacher Bauch wölbt sich, ein Bäuchlein hebt den Wollstoff an. Lyr ist schwanger.
Stadtluft macht frei? Die alten Ängste plagen Ture mit aller Macht. In den Nächten klammert er sich mit aller Kraft an Lyr.
„Du erdrückst mich!"
Doch sie lacht dabei.
Noch einmal alles verlieren? Ein Arsenal leichter Waffen ziert ihre Wohnung.
Die Stadt wird durch zwei Gräben, zwei tiefe Fließe gesichert, eine Stadtmauer soll die Wehranlage ergänzen. Noch ist deren Standort nicht klar, oft stehen die Bürger, auch Wenzel und Arne, an den Baustellen und fabulieren über die

Schutzmöglichkeiten. Ture spitzt die Ohren, bis er es nicht mehr aushält.

„Die Häuser dürfen keine Schilfdächer haben! Sie brennen!"

Die Ratsherren blicken pikiert, kann ihnen ein Bauarbeiter, ein Biber, ein Wasserschwein, aus dem Schlamm heraus Vorschläge machen?

Niemals! Doch in späten Stunden, von ihnen selbst wiederholt, kommt das Argument wieder:

Die Stadt darf bei Angriffen nicht brennen. Es müssen Steine verwendet werden!

Wenzel hatte bereits die Idee, seine neuen Werkstätten für die Knopfherstellung mit Ziegeln zu decken, Arne kann die benötigten Baustoffe mit den Prahmen von Wollin aus heran fahren. Der neue Bischofssitz in Cammin wird nur mit Steinen gebaut. Warum? Weil Jumne wie Zunder brannte!

Was spricht also dagegen? Nichts!

An diesem denkwürdigen Abend erfolgt die Festlegung, dass Gebäude innerhalb der Stadt zum überwiegenden Teil aus Stein zu errichten sind. Besonders für die Außenmauern und die Dächer darf kein brennbares Material mehr verwendet werden. Vorhandene Schilfeindeckungen werden Schritt für Schritt durch Ziegel ersetzt. Noch während die Ratsherren diskutieren, brennt in der Töpfervorstadt eine der Hütten nieder. Ein ganzer Straßenzug versinkt in Schutt und Asche. Der Wind stand günstig und die brennenden Schilfhalme flogen in hohem Bogen in Richtung Hilda.

Mit betretenen Gesichtern standen sich Ratsabordnung und Töpfer gegenüber. Die Regelung wurde an Ort und Stelle getroffen: Vor dem Quartier der Töpfer wird eine Steinmauer errichtet, die künftigen Dacheindeckungen sind mit Ziegeln und, selbstverständlich, wie es immer für Töpfer galt, außerhalb des ersten Teiles der Stadtmauer auszuführen.

Würdevoll staken die Herren der Stadt davon, während die Töpfer wütend die Köpfe schütteln: Das Feuer kam von innen, aus dem Brennofen heraus. Sollen die Dachsteine in der Luft hängen? Sie müssen doch Holz verwenden. Die Lösung ist einfach: Die neuen Häuser werden neben die noch teilweise verwendbaren Brennöfen gebaut.

Lyr geht Tag für Tag aus der Wohnung in die Werkstätten Wenzels. Ihre Wege führen sie von da zu den Um-schlagplätzen ihrer Waren. Immer öfter muss sie Tures Hilfe in Anspruch nehmen, denn sie kann die Last der schweren Kiepe nicht mehr so gut ausgleichen, der Bauch stört.
Ture verlässt die Baustelle nicht ungern. Inzwischen ist sein Kopf etwas freier, schließlich muss er das Wohl des Kindes im Auge behalten. Seines Kindes? Es ist ihm egal, ob das Kind von ihm ist, möglich wäre es schon!

Er grinst, als er das letzte Mal die Tragekiepe mit dem Schlamm des Grabens auf die Schulter wuchtet. Dann reckt er sich, atmet tief den Geruch der Fäulnis, des Wassers. Ture wartet kurz, reiht sich ein, Mann für Mann tragen sie den Schlamm aus der Stadt. Sie tragen ihn nicht weit, Sumpflöcher gibt es genug, in und um Grypswold.

Der Schlamm klatscht an den Rand des Tümpels, Fladen reiht sich an Fladen. Ture wäscht den Korb, er wird ihn noch brauchen. Lyr hat von Wenzel eine kleine Brache zugewiesen bekommen, eine Wiese, nahe am neuen Graben. Das neue Haus soll innerhalb der Stadtmauer liegen, ein Steindach bekommen und einen Lehmverputz. Sorgfältig spült Ture den Schlamm aus dem Geflecht, hält ihn gegen das Licht.

Sie müssen sich beeilen, die Sonne steht schon tief, bald wird es kalt werden. Ture lässt den Korb sinken, denkt an Lyr, an ihre neuen gemeinsamen Planungen: Hier der Kamin, da die Kochstelle, eine Stube, zwei Kammern, ein Vorratsraum und eine kleine Werkstatt. Die hat sich Lyr besonders ausbedungen, denn sie will weiter Bernstein und Karneol polieren. Dabei können Muster für die Knopfmacherinnen entstehen, auf die ist Wenzel aus. Durch ihren Kopf geistern andere Ideen: Karneol und Bernstein im Wechsel etwa, oder der kostbare Achat, stumpf und grün, eingefasst in blankes Silber.

Lyr denkt an Schmuck, an das Leuchten der Sonne, an die Spiegelungen, die Wärme der Steine.

Sie will Schmuck herstellen, die Frauen der Patrizier rissen ihr die wenigen Stücke, die sie bisher geschliffen hat, regelrecht aus den Händen.

Ture schüttelt den Korb, das die Tropfen fliegen. Seine Augen blitzen, er drückt den Rücken durch.

Mit großen Schritten eilt ein Mann durch den Abend. Er ist weder besonders groß, noch ist er klein. Sein Haar war einst blond, einige Strähnen schimmern noch hell. Unter seinem Arm klemmt eine Kiepe. Ein Mädchen stolpert, stürzt, er springt hinzu, hebt es auf, die Kleine brüllt. Doch der Mann bückt sich, flüstert ihr ins Ohr, da geht ihr Brüllen in ein leises Schluchzen über. Sie zeigt in Richtung der Häuser.

Hand in Hand gehen Mädchen und Mann durch das milde Licht, bis das Mädchen sich losreißt und zu den Häusern läuft. Sie dreht sich kurz um, winkt, der Mann blinzelt.

„Ich bin zu Hause hier!"

Ture denkt: Ich auch, bald!

Handel

Ture

Es ist schon seltsam: Obwohl die Händler selbst nichts schaffen, verdienen sie nicht schlecht. Ich glaube, sie können besser mit Zahlen umgehen als diejenigen, die bei ihnen kaufen. Und ich? Ich kann nicht mit Zahlen umgehen! Wir üben jeden Tag, und ich muss feststellen, dass Lyr bei weitem nicht so geduldig ist wie ich, als ich ihr das Schwimmen beibrachte. Ein Körbchen Salz kostet einen Pfennig, wie viel kostet eine Kiepe? Das ist einfach, da schöpfe ich die Kiepe voll und zähle mit. Schwierig wird es, wenn die halben Pfennige ins Spiel kommen oder auf einen ganzen Taler herausgegeben werden muss. Wir üben jeden Abend, mancher Schlag geht auf mich nieder. In der Nacht summt mein Kopf, ich sehe Geldstücke vorbeischweben! Die Geldwechsler benutzen kleine Holzperlen. Das geht nur so hin und her, wenn sie Ranensilber in Pommernpfennige umrechnen. Das werde ich wohl nie verstehen. Doch wozu ist schließlich Lyr da? Für Arne und Wenzel stellt das Rechnen ebenfalls kein Problem dar, aber die werde ich gewiss nicht um Hilfe bitten. Lieber gebe ich falsch heraus.

Fisch gegen Feuerholz, das war einfacher! Für eine Klafter Feuerholz brauche ich ein Tagwerk. Für fünf Körbe voll Fisch benötige ich ebenfalls ein Tagwerk. Also ist das Klafter Holz ungefähr einem halben Dutzend Fischkörbe gleichzusetzen. Wobei es klar ist, dass Eichenholz mehr wert ist, als Birke, genau so, wie Hecht mehr wert ist als Brasse! Moorbrüggen war eben einfacher, und wer dort beschiss, musste damit rechnen, am nächsten Tag schief angesehen zu werden. Die Händler hier, die siehst du manchmal nie wieder, und wenn du Glück hast, und sie kommen nach einem halben Jahr wieder auf dem Markt an, haben sie den kleinen Anschmiertrick längst vergessen. Sie strahlen dich an, reine Wohltäter, die sie sind.

Tja, und ich? Ich kriege die Klapse von Lyr, die meine Geschäfte genau im Auge behält. Da habe ich nun graue Haare, werde erneut Vater und muss lernen, wie mit ausgefuchsten Schlitzohren umzugehen ist.

Inzwischen kann ich genauso unverfroren einen Pfennig für eine geräucherte Brassenhälfte nehmen. Der Fisch muss gut aussehen, schön goldbraun an der Oberfläche, dann klappt das! Und, natürlich, ich als Verkäufer muss den Fisch mit gutem Gewissen empfehlen. Manchmal kann ich das, manchmal nicht. Besonders dann nicht, wenn hornige Finger halbe Pfennige aus tiefen Verstecken kramen. Dann gibt es guten Hecht und Aal und am Abend Klapse für mich! Als sich Lyr damals beim Schwimmen lernen so umständlich anstellte, hätte ich sie viel mehr Wasser schlucken lassen sollen.

Dieses Weib aber auch!

Sie macht jetzt Schmuck, da sind meine Fische dagegen noch einfach zu verkaufen! Sie sitzt tagelang an einem Stein mit einer Fassung, punzt und biegt, bis sich Stein und Fassung an eine Kette fügen lassen. Sagen wir mal fünf Tagwerke. Dafür wären dann nach meiner Rechnung fünf Klafter Holz fällig, vielleicht so ein, zwei Taler!

Und was bekommt sie? Sie hängt die Steine reichen Damen um, schmeichelt ihnen, packt die Steine wieder weg. Nach Tagen wiederholt sich der Tanz, diesmal mit zwei Kontrahentinnen. Was soll ich sagen, eine von beiden Damen beißt an. Sie zieht davon, den Stein mit Kette tief in den Taschen verborgen und in Lyrs Beutel klirren 10 Taler!

Wenn ich mit meinen Fischen so einen Tanz veranstaltete, stänke die Ware, dann gäbe es nichts mehr dafür!

Die zehn Taler jedenfalls wandern in unser Haus. Noch vor dem Winter sollen die Dachsteine aufgelegt werden. Danach werden die Zwischenräume ausgefacht und es folgt der Lehmbewurf. Es geht eben doch ohne Ziegel, denn Lehm brennt schließlich ebenso wenig wie Steine.

So wandeln sich Bernsteine, Karneol, Silber und geräucherte Fische in ein Fachwerkgebäude. Ich habe das Baufeld planiert, gemeinsam steckten wir die Räume ab. Doch schon bei den Arbeiten an den Gründungen wäre ich allein verzweifelt, Straßenarbeiter halfen uns, die Minierer des Grabenbaus packten ebenfalls mit an. Hätten die Fisch als Lohn genommen? Vielleicht. Bei Bernstein hätten sie schon dumm geguckt, wer weiß, ob sie am nächsten Tag wiedergekommen wären. Doch für einige Silberpfennige ist der Einkauf der Arbeitskraft kein Problem. Sie wiederum kaufen sich dafür, was sie brauchen. Als erstes brauchen sie natürlich Speisen, dann kommen die Getränke dran, Bier in den Kaschemmen schließlich und zu fortgeschrittener Stunde ein warmes Bett, möglichst mit einer warmen Mitschläferin. So sieht es aus, die Ware allein ist nichts mehr wert, nur ihre Beurteilung durch andere. Ich verstehe das nicht, denn die Steine Lyrs, mit denen kann doch eigentlich kein Mensch etwas anfangen!

Mir soll es jedenfalls Recht sein, denn unser Haus ist schon zu erkennen: ein mächtiges Gerippe steht am Graben und Tag für Tag bauen die Zimmerer unser Haus weiter.

Die Flotte ist fertig

Arne

Der Holzpreis steigt und steigt, der richtige Moment, ein ordentliches Vermögen zu verdienen! Die Insel Wollin ist inzwischen der Wälder entblößt, die Anfahrtswege verlängern sich. An beiden Ufern des Flusses verschwindet Wald auf Wald, denn ein neue hungrige Bestie hat sich den Städten am Meer zur Seite gestellt: Der Krieg. Die Mächtigen brauchen Schiffe! Bogislaw soll den Auftrag des Kaisers umsetzen und sowohl die Ranen als auch die Dänen aus dem westlichen Meeresraum vertreiben. Die Werften im Osten legten Schiff um Schiff auf Kiel, doch jetzt sind wir am Zuge! Baum an Baum wird auf dem Strom in Richtung Westen geleitet. Nicht die Städte selbst sind das Ziel des Holzstromes: In den Werften findet die nächste Runde des Wettstreites zwischen Pommern-und Sachsenherzögen, Ranenfürsten und Dänenkönigen statt. Ein neuer Mitspieler hat sich eingemischt, ein fernes Grollen: Barbarossa, Kaiser Friedrich! Bogislaw vermeint, mit der Unterstützung des Kaisers und mit der eigenen Seemacht die Vorherrschaft der Dänen zu brechen. In den Häfen des Westens steht jetzt ebenfalls Schiff an Schiff, und ich liefere das Holz dafür. Nur noch wenige Wochen, dann werden die Schiffe in den Kampf ziehen, denn im Osten und im Westen brennen die Dörfer, Vorspiel des Krieges, den die Mächtigen ausfechten. Die Städte ziehen in gänzlich anderer Weise ihren Nutzen aus dem Krieg: Familie auf Familie verliert im offenen Land ihre Existenz, die Städte bieten Schutz und Arbeit. Arbeit durch Krieg? Manch Bauer findet sich in den Sägegruben der Werften wieder, Mann für Mann im Wechsel, beim

Bau des nächsten Schiffes, gemacht, wiederum Krieger in die Dörfer zu tragen. Ein seltsamer Kreislauf, doch solange ich daran verdienen kann? Im Gewölbe unseres Hauses stehen zwei Truhen voller Silber, ein gewaltiger Schatz! Bald schon werde ich die dritte Truhe füllen können. Diesmal werde ich die Schmiede keine aufwändigen Schwerter herstellen lassen! Einfache Äxte, geeignet, die Schädel und die Schiffe der Gegner zu zertrümmern und eiserne Pfeilspitzen, die von oben den Tod bringen. Jedes Teil kostet nur wenige Pfennige in der Herstellung, dafür werden sie Taler im Verkauf bringen. Denn es wird wie beim Stammholz gehen: Sobald die Schiffsbesatzungen an die Waffen gerufen werden, werden genau diese knapp sein!
Ich kann nicht anders, ein Lächeln zieht mir den Mund breit.

Jaromar

Noch wenige Wochen, Tage vielleicht, dann wird meine Flotte in See stechen. König Knuts Schiffe, eine vermeintlich kleine Streitmacht, ein fetter Köder, festgemacht am Ostufer Rugias.

Bogislaw, inzwischen - wie die laufenden Verheerungen zeigen - schon etwas dämlich, verwüstet weiter das Land, welches ihn ernähren soll. Er wird über die See fahren, mit dem Mandat seines Kaisers! Doch der ist fern, Tagesmarsch auf Tagesmarsch entfernt, hinter den Bergen des Nordens. Der Kaiser zieht von Lehnsherrn zu Lehnsherrn, von Volk zu Volk. Tut er das nicht, ist die Gefolgschaft dahin. Barbarossa im Norden? Ich kann einfach nicht glauben, dass ein Kaiser aus dem Süden einen Seeräuber aus dem Norden wirksam unterstützen kann. Unglücklicher Bogislaw, das wird dein letzter Fehler sein! König der Slawen, nach dem Willen eines fernen Kaisers. Du bist nicht mein König! Wie soll ein Kaiser zu Lande ein Reich zur See begründen, wie soll er es halten? Die Zeit der Dänen, sie ist noch lange nicht vorbei, wenn meine Falle zuschnappt, wirst du das begreifen.

Dann kommt die Zeit meines Reiches, denn auch die Dänen können von See aus kein Reich begründen.

Sie sind wie die Hunnen früher: Nomaden, die auftauchen und Tribut kassieren. Zeig ihnen, was du willst (und wenn es schlimm kommt, was du hast), aber gib es ihnen, um Gottes Willen, sonst gibt es Tote!

Versuche jedoch niemals, selbst einer von ihnen zu sein! Deine Zeit, Bogislaw, ist abgelaufen, denn du hast den Unterschied nicht begriffen: Ein Seeräuber zwischen Seeräubern, der Schrecken der Kinder in den Dörfern, das bist du. Ein Herrscher muss mehr können, als Befehle ferner Kaiser auszuführen.

Ture

Ziegel, ich brauche Ziegel, doch das einzige, was Arnes Prahme bringen, ist Holz, Holz und nochmals Holz!

Ich bin froh, dass das Fachwerk unseres Hauses steht, denn Holz ist plötzlich teuer! Alle Regeln meiner Tagwerkbeurteilung sind über den Haufen geworfen. Und nun die Forderung der Stadtherren nach dem Steindach! Die Töpfer draußen an den Gräben brennen Steinplatten. Im Lehm stecken weiße Körner, die gebrannten Steine sind körnig. Kein Vergleich mit den Steinen, die die Fuhrleute aus dem Hinterland heran fahren. Lyr hat sich die Grypswolder Steine angesehen. Die Krümel müssen aus dem Brei heraus. Seitdem war ich oft Gast vor der Stadt, sammelte weiße Klumpen aus gelbem Lehm, trat den Speis. Nach dem Trocknen half ich, die Steine in den Ofen zu stapeln. Das Feuer, Klafter auf Klafter minderwertigen Holzes, gab den Steinen die erforderliche Härte. Einen Tag lang musste der

Ofen kühlen, damit keine Risse in den Steinplatten entstanden. Dann war es so weit: Gelb und Rot schimmerten die warmen Platten, rau lagen sie in meiner Hand. Unser Dach, ein Stapel kleiner Ziegel! Karre auf Karre trabe ich zwischen Vorstadt und unserem Haus, Reihe für Reihe legen die Dachdecker auf die Lattung über den Sparren. Ich kann zusehen, wie sich das Dach schließt. Am Abend stehen Lyr und ich unter dem neuen Dach, zwischen den Balken, die unsere Stuben werden wollen. Ein leichter Regen setzt ein; es ist wie ein Wunder. Wir werden für unseren Fleiß belohnt, und der Gott schickt uns das rechte Maß an Wasser, welches unserem Haus nicht zusetzt, sondern das uns beweist, dass unser Werk gut getan ist!

Lyr lehnt sich an mich, meine Hände umfangen ihren Bauch, unser ungeborenes Kind.

Es stößt nach mir.

Waffen

Arne

Meine Rechnung ist aufgegangen. Die Pfeilmacher dachten erst, sie kämen an meinen Vorräten vorbei. Die Schmiede verwiesen sie jedoch an mich, denn meine Vorräte schienen unerschöpflich und sie hatten keine Lust, sich mit den angebotenen Kleinaufträgen abzuplagen. Manchem der Handwerker gingen die Augen über, als sie im Speicher Korb über Korb sahen, gefüllt mit eisernen Spitzen!
Die Kapitäne kauften die Äxte im Dutzend. Die Rohware machte nichts her, also ließ ich erst einen, dann zwei, am Ende drei Scherenschleifer Tag für Tag die Äxte schärfen. Die nun scharf und gefährlich blinkenden Waffen ließen sich fast doppelt so teuer verkaufen.

Die Pfeile, die müssten auch mehr hermachen! Als Lyr in der Tür steht, um die Miete für die Werkstatt zu zahlen, drehe ich einen der Pfeile.

„Was meinst du, wie würdest du den Preis für den Pfeil steigern? Polieren? Anschleifen?"

Sie sieht mich ganz entgeistert an.

„Handelst du nicht mehr mit Holz und Steinen?"

Ich werfe die Pfeilspitze in den Korb.

„Ich kaufe und verkaufe alles, was Geld bringt!"

Lyr reckt den Hals, greift sich eine Hand voll der eisernen Spitzen.

„Weißt du denn nicht, dass die Spitzen töten?"

Ich zucke die Schultern.

„Schon, aber nicht hier in Grypswold."

Lyr hält sich den Bauch und ich sehe, dass sie gehörig in Wut gerät.

„N-N-N… Nicht in Grypswold? Und wer legt das fest? Du?"

Sie wirft die Spitzen auf den Boden.

Ihre Nase ist jetzt ganz weiß, der Hals leuchtet fleckig rot. Aber ihre Stimme, die hat sie wieder in der Gewalt.

„Weiß Wenzel davon?"

Ich winke ab.

„Ach, Wenzel, der hat den Sinn für's Geschäft verloren! Genau wie du! Der verkauft nur noch Knöpfe!"

Plötzlich tritt Lyr ganz dicht an mich heran, greift nach meiner Hand:

„Arne, verkaufe Steine und Holz. Daraus kann nur Gutes erwachsen."

Ich reiße ihr die Hand weg.

„Und die Kriegsschiffe im Hafen? Meinst du, die sind nicht aus Holz?"

„Mag sein. Aber Arne, verkaufe nichts, womit sich andere Menschen töten!"

Nun habe ich noch nicht gehört, dass sich Soldaten mit Schmuck erschlagen, aber Knöpfe haben sie jedenfalls an den Hosen.

„Das ist dumm, Lyr, denn ohne deine Schließen würde manch Soldat mit nacktem Hintern durch die Gegend rennen."

Sie legt den Kopf schräg, ihre Augen sehen sie mich traurig an.

„Als Ture am Boden war… ich wusste nicht, ob ich den Richtigen gewählt habe. Er ist so anders als du, langsamer, weniger auf den schnellen Vorteil aus, auch gröber …. Aber jetzt? Was nützt dir die Schnelligkeit, dein Spiel, wenn du nur noch an Geld denkst?

Unser Haus ist fast fertig. Hier hast du die Miete für die Werkstatt, wir werden sie räumen. Gib das Geld bitte Wenzel."

Langsam verlässt sie mein Kontor, die Schultern hängen, als trüge sie schwer. An der Tür wendet sie sich, schirmt mit der Hand das Licht, versucht mich im Dämmerschein zu erkennen. Ich wiege ihr Silber in der Hand, die Münzen klimpern, kann nicht anders, wieder muss ich grinsen.

Ob sie es gesehen hat?

Keine Ahnung, sie schüttelt den Kopf, dann ist sie weg.

Auf den Dielen liegen die weggeworfenen Spitzen. Eine steckt leicht im Holz, ich ziehe sie gedankenverloren heraus. Ich muss mit Jaromar reden: Ein Brandpfeil im Kampf Schiff gegen Schiff, es gewinnt derjenige, dessen Pfeile weiter tragen! Der Krieg ist nicht nur Sache der Waffen, er ist ebenso eine Sache des Verstandes!

Jaromar

Der Fluss Hilda und die Stadt Grypswold, beide ein Glücksfall für mich. Dazu noch der Kaufmann: Arne! Arne gibt mir! Er schenkt mir den Sieg. Mein Herz springt vor Freude, wenn ich an meine Schiffe denke, an die Krieger, die lernen, mit den Brandpfeilen umzugehen. Gute Männer mit guten Langbögen, überspannt, mit einer Reichweite, die denen der Bögen Bogislaws gleicht. Doch unsere Bögen werden einen Verbündeten haben: Den Wind aus Nordost. Wir folgen Bogislaws Flotte wie die Wölfe. Heimlich und leise werden wir ihn begleiten, bis zur vermeintlich leichten Beute. Dann, wenn er zuschlägt, werden seine Schiffe brennen, wie sein Land brannte. Herzog, alter Mann, lernst du nichts aus deinen Begegnungen mit mir? Hast du vergessen, wie Jumne brannte?

Schlacht

Bogislaw

Der Tag der Rache ist gekommen. Ein stetiger Nordostwind, der beste Wind, den ich mir denken kann, trägt meine Schiffe über den Strom. Schiff auf Schiff, eine ganze Flotte, ausgezogen die Dänen zu vernichten. Was legt sich der junge König Knut mit mir an? Ist sein Ratgeber Absalon vergreist? Wie kann er annehmen, dass ich den Aufenthalt einer ganzen Flotte in der Bucht östlich Rugias übersehe? Einige Dutzend Schiffe sollen es sein. Ich werde die Soldaten des Königs von Bord fegen. Zwei Schiffe, backbord und steuerbord je eines, in die Zange genommen. Keine Chance für die Verteidiger!
Hinter dem Strom blähen sich die Segel, die Brise steht steif. Schiff auf Schiff gehen meine Kapitäne in Formation.

Was für ein Gesicht wird Knut wohl machen, wenn er erfährt, dass seine Flotte mir gehört? Dieser kleine Wasserkönig, Herr über ein Geschwader von Flöhen? Ich werde das Blatt wenden, Knut muss mir den Lehenseid schwören. Mir, dem König der Slawen!

Jaromar

Wie ein blinder alter Esel jagt der Pommernherzog in den Untergang. Hat er keine Augen zu sehen, keine Ohren, zu hören? Da rauscht die Flotte an der Wieck vorbei, in aller Ruhe können wir die Segel setzen. Ein Stück Tuch mehr, Schiffe, einige Ellen länger! Es sind Kleinigkeiten, die dem alten Bock das Genick brechen werden. Vor allem aber ist es seine Sturheit, die ihn und seine Männer in den Tod treibt. Gute Männer, gewiss, doch auf den falschen Schiffen! Nordost, immer der richtige Wind für ihn. Doch heute ist es der richtige Wind für mich. Der Abstand zu den letzten Schiffen nimmt ab. Meine Bogenschützen spannen die Bögen, rauchend fahren die Pfeile in den Himmel. Ein erstes Segel lodert auf, die Männer kämpfen mit dem brennenden Zeug. Stück für Stück geht auf sie nieder, Pferde trampeln, reißen sich los, die ersten Schiffe liegen gefährlich schräg, dann springen die Männer über Bord.

Gnadenlos ist unsere Jagd, der Nordost trägt die Brandpfeile, trägt den Tod von Schiff zu Schiff. Die Bucht füllt sich mit Treibgut, mit Männern, die sich an Planken klammern, doch wir fahren vorbei, nur ein Ziel vor den Augen: Das nächste Schiff muss brennen!

Knuts Schiffe setzen nun ebenfalls die Segel, auch sie fahren mit dem Wind in Richtung Sund, weit außerhalb der Reichweite der Pfeile Bogislaws.

Ein Schiff schert aus, hält in steiler Kurve auf die Flachwasser einer kleinen unbewohnten Insel vor Rugia zu. Hierhin wird ihm keiner meiner Kapitäne folgen, denn dort ist das Schiff verloren. Große Steine zeigen das unbefahrbare Revier an, mit lautem Krachen fährt das Schiff gegen die Steine, der Hauptmast bricht.

In sicherem Abstand sehen wir, wie eine Landungsbrücke herunterklappt, ein Pferd geht über die Planken, mehrere folgen. Das ist Bogislaw!

Ich lasse mein Schiff am Wind in Richtung Norden fahren. Hier, in der letzten Bucht, warten Knut und Absalon auf mich.

Auf dem Bodden brennt die Flotte des Herzogs. Der Nordostwind, der Freund des Seeräubers Bogislaw hat sich gegen ihn gestellt, hat die Schlacht entschieden.

Rauch

Absalon

Wie Spielzeuge bewegen sich die Schiffe zu unseren Füßen. Die Aussicht ist grandios, der Berg auf dem wir stehen, scheint dafür gemacht, Königen als Aussichtspunkt zu dienen.
Knut hat sich als guter Herrscher gezeigt: er hat Entscheidungen abgewogen und auf die richtigen Verbündeten gesetzt. Was sich jetzt auf dem Wasser abspielt, ist das Finale des Spieles zwischen Bogislaw und Knut. Ja, ich bin beteiligt, ja, ich habe dafür gesorgt, dass wir hier stehen, denn ohne meinen Rat hätte Knut nicht gewagt, des Kaisers Vasallen die Stirn zu bieten!
Bin ich noch der Bischof, der seiner Herde den rechten Weg, den Weg der Liebe weist?

Darf ich mich noch als Christ fühlen, wenn zu meinen Füßen, auf mein Geheiß hunderte Menschen sterben?

In der Bucht am Fuße des Berges legt das Flaggschiff Jaromars an, während im rauchigen Dunst im Westen Bogislaw mit seinen überlebenden Getreuen durch das flache Wasser auf die Insel zuhält.

Rauch, wie graue Wolken treibt er in Richtung des Sundes! Knut starrt angespannt auf das Schauspiel.

„Siehst du die Männer neben den Schiffen?"

Aufgeregt zeigt er in die Ferne.

„Ob sie es bis zur Untiefe schaffen?"

Sein bartloses Gesicht ist gerötet, er scheint fast wie ein Knabe. Ich sage ruhig:

„Ich sehe nur Rauch. Ein Teil schafft es, ein Teil wird sterben. Es sind Soldaten, sie oder wir, es ist der Lauf der Dinge!"

Damit ist auch meine Frage an mich selbst beantwortet. Söldner, die unser Land verwüsten, sind der Auswurf der Erde. Ich muss ihnen die Liebe absprechen, denn ich bin nicht Gott.

Jaromars Gefolge hat den Fuß des Berges erreicht, gemächlich klimmen die Pferde den sanften Hang empor.

Nahe der Kuppe kann ich Jaromar erkennen. Er hält sich gerade, sein Berater Wedego reitet an seiner Seite.

Beide streben auf den König zu, springen von den Pferden, knien nieder, senken die Köpfe.

„Steht auf! Männer, die mir einen solchen Sieg bringen, sollen nicht vor mir niederknien!"

Knut zeigt zur Insel, lacht:

„Könnt ihr die Insel im Westen sehen? Sie ist jetzt Bogislaws Reich!"

Jaromar

Der König zeigt auf die kleine Insel, die im Flachwasser vor Rugia liegt. Ameisenklein sind die Gestrandeten zu erkennen, immer noch zieht Rauch in Schwaden in Richtung Südwest, Trupp auf Trupp schleppt sich aus dem Wasser an Land.

Mit dem verbliebenen geringen Gefolge ist der Herzog reif für das Lehnsbekenntnis. Ob Knut das ebenso sieht?

„Schickt ihm einen Parlamentär!"

Knut dreht mir sein pausbäckiges Gesicht zu, er scheint ziemlich verblüfft. Absalon nickt.

„Jaromar hat Recht: Entweder jetzt oder nie!"

Der König fasst sich an den Kragen.

„Was hieße nie?"

Die Männer senken die Köpfe, nur Wedego blickt in die Ferne.

„Sie müssen alle sterben!"

Wieder wird der König eifrig.

„Nein, nein! Der Sieg ist eindeutig! Ich lasse Großmut walten!"

Absalon zieht die Brauen zusammen, der König atmet tief durch, dann fährt er fort:

„Unter folgenden Bedingungen schenke ich dem Herzog der Slawen und seinem Gefolge das Leben: Er wird mir hier an Ort und Stelle den Lehnseid schwören, und, er darf nie wieder Schiffe besitzen!"

Des Bischoffs Gesichtsausdruck entspannt sich.

Knut klopft sich mit dem Zeigefinger auf die Lippen.

„Zwei Kisten Silber, einen Beutel Gold als Entschädigung für die Schäden an Roskilde!"

Absalon grinst, erteilt seine Befehle:

„Fünf Männer zur Insel. Gebt ihnen die Bedingungen des Königs mit! Wir erwarten Bogislaw mit zwei Begleitern morgen nach Sonnenaufgang."

Der Wind dreht, die Rauchsäulen der immer noch brennenden Schiffswracks steigen fast senkrecht in die Höhe. Es wird merklich kühler. Am Strand der Insel glimmen Feuer auf, denn die Männer des Herzogs sind gewohnt, mit jeder Situation irgendwie fertig zu werden. Nur, plündern können sie diesmal nirgendwo!

Meine Kleider sind trocken geblieben, ich gehe davon aus, dass auch Bogislaw nicht frieren wird.

Grypswold wird zur Festung

Wenn am Horizont Kriegsbrände aufsteigen, fragen sich brave Bürger, wie sie ihr Hab und Gut, wie sie ihre Kammern und Speicher, wie sie ihre Häuser, die Straßen, ihren Marktplatz, den Hafen, die Saline, die Werkstätten, Mühlen und die Kirchen und Klöster schützen können.

Sie wissen es bereits: Ihre Stadt muss eine dicke Mauer, wie eine Festung besitzen. Davor müssen Gräben den Zugang zur Stadtmauer erschweren, Zugbrücken müssen die Stadttore unpassierbar verschließen. Das ist der Preis, den die Bürger der Stadt zahlen müssen. Viel gutes Geld muss eingesetzt werden, viele Tagwerke werden benötigt, die marodierenden Soldaten vom Weichbild der Stadt fernzuhalten. Kaum hat das letzte Kriegsschiff den Hafen verlassen, kaum sind die Brände am Horizont vergangen, beginnt der Bau der großen Stadtmauer rund um Grypswold.

Alle fassen mit an, denn es geht um die Sicherheit aller. Selbst die Töpfer, die doch vor der Stadt ausgesperrt bleiben sollen, sind Feuer und Flamme. Warum? Sie liefern den gebrannten Lehm, die Ziegel, aus denen die Stadtmauer besteht. Und siehe da, eine Lösung wird gefunden. Die Töpfergassen werden durch einen äußeren Ring ebenfalls geschützt. Auch Büttel werden bestellt, kräftige Kerle, mit infernalischen Waffen patrouillieren vor den unfertigen Mauerabschnitten. Schließlich die Bürgerwehr selbst, gerüstet, mit handlichen Bögen jedem Angreifer Paroli zu bieten.

Jaromar, der glänzend Sieger, kehrt zurück. Sein Reich ist nun größer als je zuvor: die Landstriche südlich Rugias, bis zur Peene, gehören nun ihm, die Lehen Wusterhusen und Gützkow dazu.

Nach Bogislaws Lehensschwur an Knut zieht tatsächlich Frieden ein, doch das Misstrauen sitzt den Städtern, den gebrannten Zuwanderern sowieso, tief in den Knochen.

Jaromar kann die Ängste verstehen, die deutschen Fürsten aus dem Süden stehen bereit, jede seiner

Schwachstellen zu nutzen. Also stiftet der Fürst großzügig, zunächst die Städte, dann die Dörfer, so weit wie möglich wehrhaft auszustatten. Und wieder verdient Arne, dem inzwischen sein Freund Jaromar einen Nachnamen schenkte: Arne von Hilda!

Lyr und Ture bewohnen ihr neues Haus. Die neue Stadtmauer schützt es vor den kalten Nord- und den nassen Westwinden. Das ist gut, denn schon ein Jahr nach der Geburt der Tochter wurde Lyr wieder schwanger. Mit den ersten grauen Haaren kam ihr kleiner Stammhalter, eine Turereplik durch und durch. Selbst das Kinn schiebt der Junge vor, wie der Vater. Ture selbst ist kein Fischer mehr. Er streicht unruhig um die Stadtmauern, er ist ein Büttel mit schlechtem Gewissen. Er erkennt die Schwächen der Festung Greifswald, scheel sieht er die Marktbesucher durch die Tore drängen. Was sollen die vielen Fremden hier? Am liebsten würde er zwei Marktplätze sehen: einen vor der Stadt, einen in der Stadt. Eine Zeitlang findet er sogar Gehör, bei Arne, Wenzel und den Patriziern.

Doch als sich herausstellt, dass vor den Stadtmauern ein größerer Handel stattfindet, als in der Stadt selbst, wird der Handel vor den Toren wieder auf das gehörige Maß gestutzt, und wer zahlen kann, darf wieder einen Stand des stattlichen Marktplatzes belegen.

Da steht er wieder, Ture, an seine Hellebarde gehängt, wie das schlechte Gewissen. Nur, wenn seine kleine Tochter zu ihm eilt, ihn am Umhang zupft, lächelt er und lässt sich fügsam in das kleine Haus an der Stadtmauer führen, in den Schutz einer Wehranlage, die aus seiner Sicht völlig ungenügend ist. Jedoch es folgen fette Jahre, zwei Mal sieben. Die Stadt wächst und gedeiht, ihre Stadtmauern umhüllen sie wie ein zu enges Flussbett, jede kleine Scharte, jede Lücke wird genutzt, um auszubrechen. Die Festung wird nicht von außen zerstört, sie löst sich von innen heraus auf. Die Waffen in den Stuben des kleinen Hauses, die hat Lyr lang schon von Kammer zu Kammer gestellt, doch in den Nächten, wenn Ture plötzlich schweißgebadet aufschreit, tappt er im Haus umher, bis er eine Axt, die

Hellebarde gefunden hat. Dann steht der Spieß neben ihrem Lager und Ture schläft wieder etwas ruhiger.

Frieden

Jaromar

Bogislaw ist gestorben, ich bin nun Vormund der Söhne Bogislaws. Noch einmal wächst mein Reich. Ein letztes Mal, denn ich bin kein Wanderfürst. Meine Hauptburg genügt mir, Hildegard, meine Söhne! Wenn die Söhne des Herzogs erwachsen sind, sollen sie das Slawenreich wieder selbst verwalten.

Der Fluss Hilda, der mich so reich mit seinem Hinterhalt beschenkte, die Stadt Grypswold, Vorposten meiner Besitztümer, Waffenschmiede und Handelsplatz, ich werde ein gottgefälliges Werk tun. Die Kirchen der Stadt sind mickrig, die Klöster arm. Die Ländereien, längs des Flusses, sie könnten einer Abtei gehören. Die Mönche würden aus dem Handel, der Saline und dem Handwerk ihren Nutzen ziehen. Sie können das christliche Werk vollbringen, welches mir Absalon vor Jahren aufnötigte, ohne zu darben. Ich werde das Kloster am Fluss stiften, und es soll heißen, wie der Fluss selbst, wie unsere große Übermutter: Hilda.

Der Plan Absalons, mein Lehen zu erweitern, ist umgesetzt. Das Kloster, dessen Errichtung ich ihm vor Jahren zusicherte, jetzt kann es gebaut werden.

Jaromar stiftet großzügig Ländereien. Ein prächtiges Kloster entsteht im lichten Wäldchen, in welchem sich Lyr und Ture das erste Mal liebten. Kloster und Stadt blühten auf, gingen nieder und erblühten wieder. Das Kloster als weltberühmte Vorlage des Begründers der Romantik, die Stadt, als unverteidigte Festung nach dem zweiten Großen Krieg. Nur im Frieden können die Menschen eine Heimat finden, die ihnen bleibt.

Epilog

Stoffel schürt die Glut des Lagerfeuers. Abend für Abend las ihm Josef die Geschichte vor, die nicht mehr die Geschichte des Namens Dainer war, sondern die eines Dorfes, welches ausgelöscht wurde und einer Stadt, die aufblühte.

Das Haus am Ryck, welches sein Freund Josef mit seiner schwarzen Frau und der kleinen Tochter bewohnt, steht dunkel.

Josef klappt das Buch zu.

„Das war's!"

Stoffel räuspert sich.

„Was, da liest du mir Seite um Seite vor, und dann erklärst du mir noch nicht mal, wo dein Name herkommt? Oder habe ich etwas verpasst?"

Josef nimmt sich Zeit bevor er antwortet.

„Um es grob zu sagen: Es ist egal. Um es von zwei Seiten zu sehen: Ich bin Kain und ich bin Abel. ... Um es aus der Geschichte heraus zu sehen: Ich bin

Ture, ich bin Jaromar, ein klein wenig Arne. Kapiche?"

Stoffel ist eingeschnappt.

„So siehst du schon aus! Arroganter Affe! Denk mal an mich, wer bin ich?"

Josef steht auf, legt dem Freund die Hand auf die Schulter.

„Du, Stoffel, bist mein Freund. Was du sonst noch so bist, musst du dir schon selbst beantworten. Schlaf gut!"

Der lange Kerl geht zu seinem Haus. Stoffel legt den Kopf in den Nacken. Hier, im Wald ist die Milchstraße noch deutlich zu erkennen, der Polarstern, der Kleine Wagen, der Große. Stoffel kennt nicht viele Sternbilder, doch die wichtigsten kann er schon benennen. Eine Sternschnuppe leuchtet auf, ein sanft gewölbter Strich, gezogen über den Himmel. So lange war der Stein unterwegs, vielleicht Millionen von Jahren! Nun ist er verglüht, und wer es sehen wollte, konnte es sehen.

Stoffel nimmt sein Fahrrad, steigt auf, trampelt, dann verschwindet auch er in der Nacht.

Quellen

Die zeitlichen Abläufe rund um die handelnden Personen sind großzügig den Angaben zu den historischen Personen, der Jaromarsburg und dem Ort Menzlin an der Peene angepasst.
Der Wikingerhandelsplatz bei Menzlin diente mit seinen beeindruckenden Steinsetzungen am Alten Lager als Vorlage für das Dorf Moorbrüggen. Alle verwendeten Informationen sind dem Online-Lexikon Wikipedia entnommen.
Hier die wichtigsten Eckdaten:

1129 – Geburt Absalons, Bischof von Roskilde und von Heinrich dem Löwen, Herzog der Sachsen
1130 – Geburt Bogislaws, Pommernherzog und durch Barbarossa belehnter ‚König der Slawen'
1131 – Geburt Waldemars, König der Dänen
1140 – Geburt Jaromars

1168 – Die Jaromarsburg wird durch Absalon erobert

1182 - Dänenkönig Waldemar stirbt, sein Sohn Knut wird mit nur 14 Jahren sein Nachfolger

1184 – Bogislaws Flotte wird durch die vereinigten Flotten Knuts VI. und Jaromars vernichtend geschlagen

1199 – Gründung des Klosters Hilda, großzügige Landschenkungen durch Jaromar

1240 – der Fluss Hilda (später Ryck) wird Grenze zwischen dem Herzogtum Pommern und dem Fürstentum Rügen

1241 – Kloster Hilda erhält das Marktrecht sowohl vom pommerschen als auch vom rügenschen Fürsten

1249 – die Marktsiedlung Greifswald wird Lehen des pommerschen Fürsten und erhält im Jahr darauf das lübische Stadtrecht

1264 – der Stadt Greifswald wird durch den Pommernfürsten gestattet, sich selbst zu verteidigen und

Wehranlagen zu errichten

Der Autor

Jens Kirsch,

geboren 1958, Ausbildung als Diplomphysiker an der Universität in Greifswald.

Tätigkeiten im einzigen ehemaligen Atomkraftwerk der DDR, an der Uni Greifswald, bei den Stadtwerken Greifswald, 14 Jahre Gemeindevertreter in der Gemeinde Wackerow.

Malerei seit 1978,

Website: www.kirsch-immenhorst.de

Mehrere Veröffentlichungen in der Dorfzeitung Wacker(ow) Blatt, Ostseezeitung, Blitz, Künstlerzeitschrift „Die Buhne".

Bisherige Veröffentlichungen:

2015: Wer sucht, der versucht
312 Seiten, BS-Verlag-Rostock, 19,90 Euro
ISBN: 978-3-86785-336-1

2016: Benterdal

384 Seiten BoD-Verlag Norderstedt 12,99 Euro

ISBN: 978-3-7392-3807-4